本所おけら長屋（十五）

畠山健二

文芸文庫

○本表紙デザイン＋ロゴ＝川上成夫

本所おけら長屋（十五）　目次

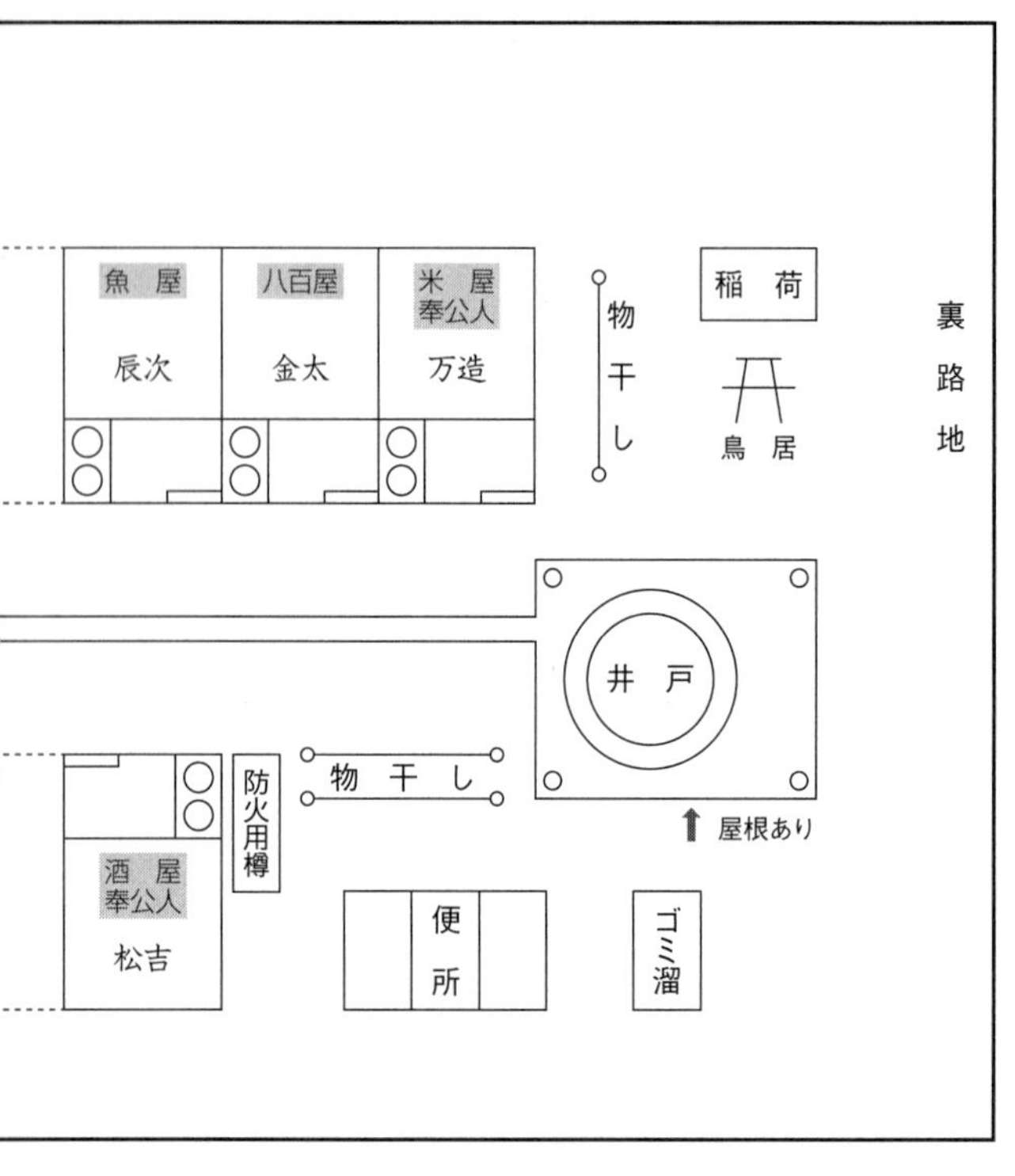

魚屋
辰次
八百屋
金太
米屋
奉公人
万造
物干し
稲荷
鳥居
裏路地
井戸
屋根あり
酒屋
奉公人
松吉
防火用樽
物干し
便所
ゴミ溜

本所おけら長屋の見取り図と住人たち

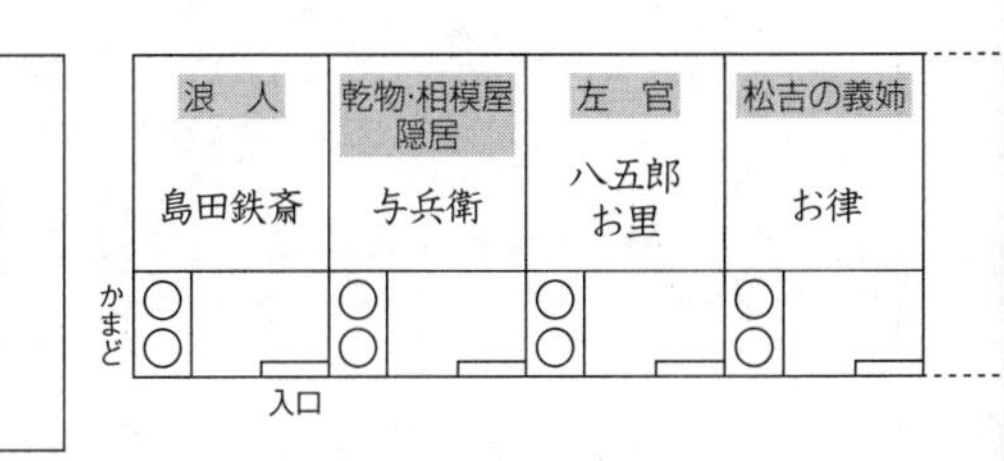

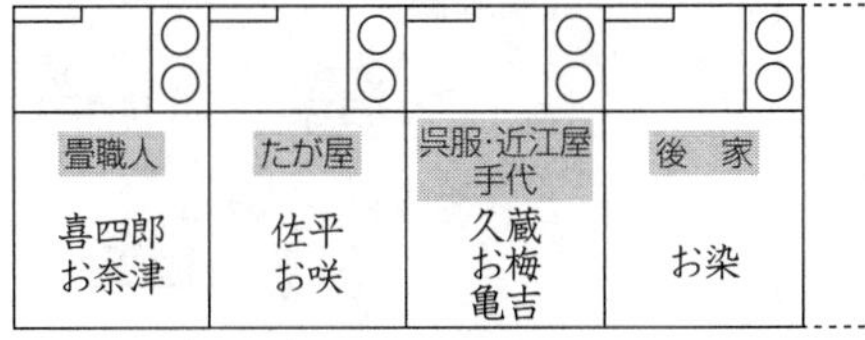

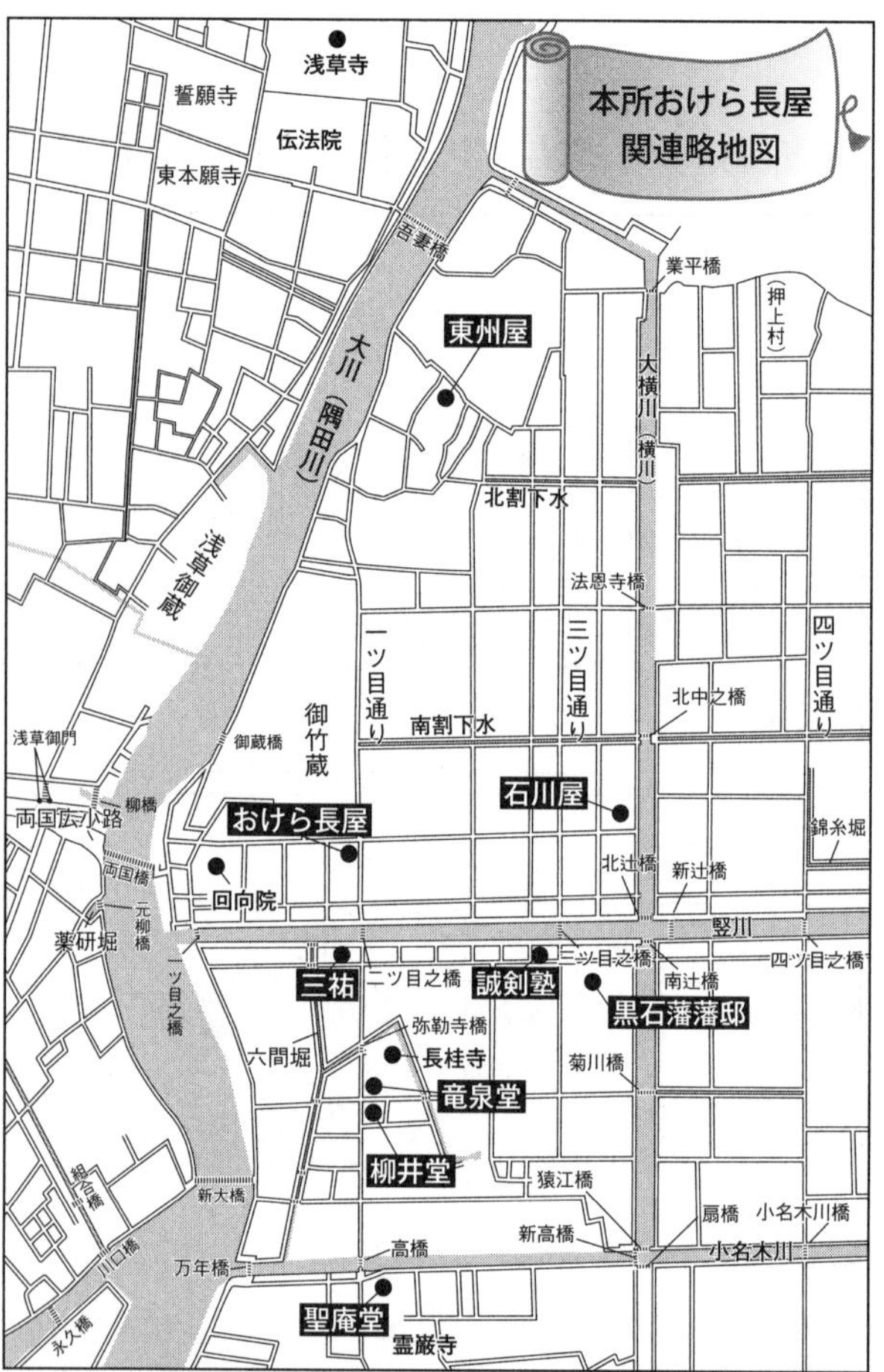

本所おけら長屋
関連略地図
浅草寺
誓願寺
伝法院
東本願寺
吾妻橋
業平橋
(押上村)
東州屋
大川(隅田川)
大横川(横川)
北割下水
浅草御蔵
法恩寺橋
一ツ目通り
三ツ目通り
四ツ目通り
北中之橋
御竹蔵
南割下水
浅草御門
御蔵橋
柳橋
両国広小路
おけら長屋
石川屋
錦糸堀
両国橋
回向院
北辻橋
新辻橋
元柳橋
薬研堀
竪川
一ツ目之橋
三ツ目之橋
四ツ目之橋
三祐
二ツ目之橋
誠剣塾
南辻橋
黒石藩藩邸
弥勒寺橋
六間堀
長桂寺
菊川橋
竜泉堂
柳井堂
組合橋
新大橋
猿江橋
扇橋
小名木川橋
新高橋
川口橋
高橋
小名木川
万年橋
聖庵堂
永久橋
霊巌寺

本所おけら長屋（十五）　その壱

はるざれ

一

両国橋を渡る尾形清八郎の足取りは重い。どうすればよいのかと迷いながらも、足は勝手にあの酒場へと向かっていた。橋を渡るとすぐ右に曲がり、竪川に架かる一ツ目之橋を渡って左に折れる。松井橋を渡ると、その酒場はすぐそこだ。

清八郎は酒場の前に立った。救いの神はいるのだろうか。このままでは主君、高宗に合わせる顔がない。清八郎は祈るような気持ちで暖簾を潜り、店の中を見渡した。客の姿はなかったが、奥の座敷からは聞き覚えのある声がする。

「よし。丁でえ」

「しかし、いい大人がよ、一文ぽっちの銭を賭けてサイコロを振るってのは情けねえなあ」

「だがよ、なんにも賭けねえでサイコロを振るってえのも味気(あじけ)ねえだろう」

丼(どんぶり)にサイコロを落とす音がする。

「よーし。今度は半でえ。今のところ……、松ちゃんが四文勝ってんのか」

「涙が出てくるぜ。半刻(はんとき)（一時間）もサイコロを転がして、四文じゃ二八蕎麦(にはちそば)も食えねえや。やめた、やめた」

松吉(まつきち)は後ろに寝転んだ。

「ご無沙汰(ぶさた)をしております」

万造(まんぞう)と松吉が声の方を見ると、一人の武家が立っている。

「ご無沙汰をしております」

男は同じ言葉を繰り返した。松吉は起き上がって男の顔をまじまじと見る。

「せ、清八郎さんじゃねえですか」

万造は松吉の前に置いてあった四文を懐(ふところ)にしまった。

「おお。清八郎さんだ。江戸(えど)にはいつ出てこられたんで……。まあ、そんなこたあ、どうでもいいや。とにかく上がってくだせえ」

万松(まんまつ)の二人は、清八郎を引き上げるようにして強引に座らせた。

「江戸には二日ほど前に出てきました」

松吉はお栄が投げた猪口を受け取ると、清八郎の前に置いて酒を注ごうとしたが、清八郎はその猪口を手で覆った。

「酒はご勘弁のほどを。万造さんと松吉さんに尋ねたいことがあって参りました」

万松の二人は清八郎の言葉を待った。

「じつは……」

清八郎は消沈しているように見える。

「初音家に行ってきたのですが、美里が、……お葉がいないのです。主や若い者も変わったらしく、お葉の行方はわからないそうで。どうすればよいかわからず、途方に暮れていましたが、万造さんと松吉さんなら……と思い、お伺いした次第です」

万造と松吉は顔を見合わせた。

「それみろ、松ちゃん。おれの言った通りじゃねえか」

「さすがは万ちゃんでえ。手回しがいいや」

万造と松吉は顔を見合わせて笑った。

黒石藩徒目付であった尾形清八郎は、松井町にある酒場三祐で、故郷である津軽に思いを馳せていたところ、万造と松吉に声をかけられて、半ば無理矢理に吉原の外れにある女郎屋、初音家に連れ込まれた。その初音家で清八郎の相手をすることになった女郎が、美里と名を変えたお葉だった。

清八郎が江戸詰めになったのが、その三年前。江戸に旅立つ清八郎を人影に隠れ、そっと見送ったお葉は、密かに清八郎に思いを寄せる、十七の娘だった。

清八郎の家は国元にあり、すでに父は他界し、母と二人暮らし。禄高は低かったが、佐助という百姓が下男として尾形家に出入りしていた。お葉はその佐助の娘である。

身分こそ違ったが、清八郎は四つ年下のお葉を妹のように可愛がった。そんな二人が場末の女郎屋で出会うとは、神の悪戯にしてもあまりに惨すぎる。

津軽ではここ数年、不作が続き、お葉は、父と母と弟を飢え死にさせぬために、江戸に売られてきたという。そのとき、年季は九年近くあり、身請けをするには二十両要るとお葉に聞いたが、清八郎にそんな金があるはずもない。清八郎は、主君である高宗にこの実状を訴えた。

《殿は、藩内の百姓の娘たちが、このような痛ましい暮らしをしていることを、ご存知なのでしょうか。政とは、いったいだれのために為されるものなのでしょうか》

高宗は清八郎の言葉を重く受け止め、身分を隠してお葉に会いに行った。お葉の姿を目の当たりにした高宗は、藩主として何もできぬ情けない自分に涙する。

だが、藩主のやるべきことは、お葉一人を救うことではない。お葉のような痛ましい娘を出さない政を執ることだと悟った高宗は、藩の体制を立て直すことを誓い、その役目を清八郎に与え、国元に戻るよう命じた。

その清八郎が、江戸にやってきたのだ。

万造は清八郎の手をどかすと、猪口に酒を注いだ。

「まあ、一杯やってくだせえ。美里さん、いや、お葉さんの行き先なら、ちゃんと調べてありまさあ。清八郎さんがいつ江戸に戻ってきてもいいようにね」

清八郎は身を乗り出した。

「そ、それは真ですか」

「事の次第は鉄斎の旦那から聞いてやしたから。お葉さんは、千住の岡場所にいまさあ。名前も美里のままでさあ。心配しねえでくだせえ。あっしらは客になっちゃいませんから」

「余計なことは言わなくていいんでえ」

松吉が万造の額を叩いた。清八郎の目からは涙が溢れる。

「よかった……。お葉は生きているんですね。悪い病にかかり死んでしまったのではないかと心配していたのです。そうか……、お葉は生きているのか」

清八郎は猪口の酒を一気に呑んだ。下戸に近い清八郎だったが、呑まずにはいられなかったのだろう。

「それで、清八郎さんは、お葉さんをどうしようってんですかい。まさか、足抜けでもさせようってんじゃねえでしょうね」

「やめた方がいいですぜ。足抜けは大罪でえ。下手をすりゃ、殺される」

清八郎は笑った。

「身請けをするんです。ここに二十両あります」

万造と松吉の表情は明るくなる。

「ほ、本当ですかい。そりゃ、よかった」

「それなら、鉄斎の旦那に同道してもらった方がいいですぜ。女郎屋なんてえのは一筋縄じゃいかねえし、どんな難癖をつけられるかわからねえ。清八郎さん一人じゃ心配だ。あっしらから話しておきやしょう」

清八郎は頭を垂れる。

「それはありがたい。島田殿には、殿と黒石に戻る折に、工藤様に引き合わせていただきました。島田殿に同道していただけるなら心強い」

「鉄斎の旦那は、もうすぐここに顔を出すはずで……。ほら、噂をすればなんとやらでえ」

鉄斎が暖簾の間から顔を覗かせた。

松吉は万造に手の平を差し出す。

「旦那に話す前に、まず四文を返してもらおうじゃねえか」

万造は、懐から四文を取り出すと、渋々、松吉の手の平にのせた。

昨日の黒石藩藩邸——。

清八郎の前に現れ、分厚い座布団の上で胡坐をかいたのは、黒石藩藩主、津軽甲斐守高宗だ。

「清八郎、待ちわびていたぞ」

清八郎は顔を上げた。

「ご尊顔を拝し、恐悦至極に存じます。またこの度は、江戸城御濠修繕の大役を……」

高宗は扇子で膝を叩いた。

「杓子定規な挨拶などどうでもよいわ。そんなことより……」

高宗は、幕府より江戸城御濠の修繕普請を仰せつかり、江戸に詰めている。

「春が来る手立てが見つかったのか」

高宗の胸には、初音家でお葉に会ったときの言葉が突き刺さっていた。

《お武家さん、津軽の冬は長くて、厳しいですよね。凍えそうになり、かじかん

だ指先を摩りながら、じっと我慢します。我慢していれば必ず春が来るから。あたしにも春は来るのでしょうか》

高宗は清八郎に命じた。〝春が来る手立てを考えよ〟と。

清八郎は背筋を伸ばした。

「米や作物はもちろん大切ですが、他藩から我が藩に金が落ちるような名産を生み出すことが肝要です。しかしながら、我が藩にはそのようなものがありません」

高宗は黙って清八郎の話を聞いている。

「できれば、百姓たちが作れるものがよいと思います。畑仕事の合間にできて手間がかからず、材料の仕入れ値が安いものでなければなりません。それを買い上げ、藩がその販売に努めます」

高宗は扇子をいじりながら——。

「相変わらず、お前の話は前置きが長いのう。そんなことはだれでもわかっておるわ。だから、それは何なのだ」

「それでは、またしても長い前置きをお聞きいただきましょう」

高宗は、以前とは違う清八郎の洒脱な物言いに、胸が高鳴った。

「お葉の父、佐助は某の家に出入りをしておりまして、よく、お葉の母親が作った味噌漬を持ってきてくれました。百姓が作る味噌漬ですから、値のはる物は入っておりません。大根、人参、椎茸などを千切りにし、根昆布を合わせて味噌漬にします。これをしばらく寝かせてから食するのです。これが酒にも飯にも合うのです。根昆布の出汁が、ほどよく味噌と絡まるのでしょう」

高宗も、この話には興味を持ったようだ。

「その味噌漬とやらは、だれが考えたのだ」

「お葉の祖母だそうです。亡父も、佐助がその味噌漬を持参してくるのを楽しみにしておりました」

高宗は喉を鳴らした。

「どんなものだか見当もつかぬが、美味そうではないか。一度食してみたいものだ」

清八郎は続ける。

「某は思いました。これは黒石藩の名物になるのではないかと。根昆布は少し値がはりますが、そう多くは使いませんし、津軽藩から手に入れることができます。某はお葉の母親に、この味噌漬を作ってもらうことにしました。私はこの味噌漬を〝黒石漬〟と名づけ、試しに弘前の料理屋や居酒屋に無代で配りました」

津軽藩は黒石藩の本家（本藩）にあたる。城下町である弘前は、津軽経済の中心だ。弘前で評判が取れれば、先行きは明るい。

「これが大評判でして、黒石漬を買いたいという申し出が次々に舞い込んでおります。ある料理屋では、紫蘇の葉の上に黒石漬をのせると、見た目もよく、また、紫蘇の葉に巻いて食するとさらに風味が増すとかで、評判になっているそうです」

「お前も意地の悪い奴よのお。そこまで聞かせておいて味見ができんのか……」

「殿はそうおっしゃられるだろうと思いまして、持参いたしました。この黒石漬は日持ちがよく、半月たちましても味や風味が落ちません。いや、それどころか味に深みが出ます」

高宗の瞳は輝く。

「そ、それは真か。は、早く食わせろ。もう、我慢できん」

中座した清八郎は、足高膳を手に戻ってきた。

「酒と飯も用意していただきました。毒味はいかがいたしますか」

「そんなものは要らんわ」

高宗は皿を手に取って、紫蘇の葉の上にのった黒石漬を眺める。

「これが、その黒石漬か。お世辞にも美しいとは言えんのう」

高宗は鼻を近づける。

「とりたてて、そそられる香りはしないな」

皿を置いた高宗は、箸の先で黒石漬を少し摘んで、口に運んだ。

「う、うん……。なるほど……」

もう一度、黒石漬を箸の先で摘むと、口に運ぶ。

「そうか……。なるほどな」

高宗は箸を置くと、手酌で赤い漆の盃に酒を注いで呑んだ。

「これは……。酒の味が引き立つのう」

さらに黒石漬を口に運ぶ。

「歯ごたえがないようで、ある。あるようで、ない。不思議な食感だ」

高宗は黒石漬を白飯の上にのせると、白飯と一緒に食べた。

「こ、これは美味い。飯が何杯でも食えるぞ」

高宗は独り言を呟きながら、酒、黒石漬、白飯、黒石漬と繰り返して口に運ぶ。そして黒石漬が少なくなると、紫蘇の葉で包むようにして食べた。

「紫蘇の葉との相性が抜群だ。清八郎、黒石漬はこれしかないのか」

「少々なら。なにせ、某が黒石から持参してきたものですから」

「なんだと。他の者に食べさせてはならんぞ。よいな」

「はっ。お気に召していただけましたでしょうか」

「気に入った」

清八郎は安堵したようだ。

「ですが、これから殿のお叱りを受けなければなりません」

高宗は、箸の先についた黒石漬を意地汚く舐めている。

「どういうことだ」

清八郎は少し頭を低くした。

「じつは先月、お葉の母親が風邪をこじらせた挙句、亡くなってしまいました。黒石漬の作り方を知っているのは、お葉の母だけなのです。先程、殿に召し上がっていただいた黒石漬は、お葉の父親が覚えていた通りに作ったもので、母親の作ったものとは違います」

高宗は大袈裟に驚いた。

「母親の作った黒石漬は、もっと美味いのか」

「格段に。なんとも言えぬ香りがして食欲をそそります。味ももっと奥深いものです」

「母親に材料や仕込み方を聞いていなかったのか」

「迂闊でした。亡くなってしまうとは思いも寄らず……」

高宗の右手から箸が落ちた。

「ば、馬鹿者～。切腹だ。切腹を申しつける」

清八郎は低頭した。

「申し訳ございません。殿の命とあれば、この尾形清八郎、いつでも腹を切る覚悟はできておりますが、まだ、手立てはございます」

「も、申してみよ。その手立てとやらを」

清八郎は懐から小さな包みを出して、前に置いた。

「ここに二十両がございます。弘前の料理屋や居酒屋に黒石漬を配ったときに、その席にいた仙台で料理屋を営む丸善家喜世蔵と申す者が、この黒石漬を是非とも仕入れたい、仙台では丸善家だけに卸してくれるなら金に糸目はつけぬと申し、手付金として二十両を払うと……」

高宗は頷いた。

「丸善家と言えば、参勤の道中で聞いたことがあるぞ。仙台一の料理屋ではないか」

「殿に断りなく、そのような金は受け取れぬと申しましたが、丸善家は強引に二十両を置いていきました」

「それが、本物の黒石漬を作る手立てと何の関わりがあるのだ」

清八郎は少しの間をおいた。

「佐助が言うには、お葉の母親が黒石漬を作るときは、お葉が手伝っていたと」

「つまり、お葉が黒石漬の作り方を知っているというのか」

清八郎は両手をついた。

「殿はあの折におっしゃいました。政が為すべきことは、お葉一人を救うことではない。お葉のような娘を出さない藩の体制を整えることだと。それを重々承知した上で、殿にお願い申し上げます。この二十両でお葉を身請けさせていただきたいのです。お葉と力を合わせて、同じ生き地獄の境遇にある娘たちを救ってやりたいのです。お葉なら必ずやってくれます。乙女子が恥じらいや誇りを捨てて、どんな思いで暮らしてきたことか。その気持ちをだれよりも知っているのは、お葉なのですから。本当のことを申しますと、お葉を救いたいという気持ちもあります。もし、この黒石漬が名物となって商いが成り立ち、売られた娘たちを黒石に戻すことができましたら、そのときに、某は腹を切ります。どうか、それまでは某のわがままをお許し願いたいのです」

畳には清八郎の涙が落ちた。広い座敷には、しばらく静けさが続いた。

「この一件、清八郎に一任する」

「ありがたき幸せ」

清八郎は深々と低頭した。

「清八郎。〝はるざれ〟という言葉を知っておるか」

「はるざれ……。存じません」

「学がないのう。〝はるざれ〟とは、春が来て野山がうららかな景色になることだ。黒石漬という名では味も素っ気もない。〝はるざれ〟という名はどうだ。黒石名物〝はるざれ〟だ」

清八郎は体を起こすと、膝を叩いた。

「はるざれ……。素晴らしい名ではありませんか。殿に命名していただけるとは、この上なき幸せにございます。必ずや、この〝はるざれ〟を黒石藩の名物にし、苦しむ民に、うららかな春が来るようにしてみせます」

高宗は、初音家で見たお葉の涙を思い出した。

「先程も申したであろう。すべて、お前に任せるとな。ただし……」

高宗は小さく咳払いをする。

「おけら長屋が関わるときは、おれにそっと教えろ。工藤に悟られるでないぞ」

清八郎は再び両手をついた。

二

翌日、清八郎は島田鉄斎と千住に出向いた。お葉がいる河文という店は、千住の下卑た路地裏の奥にある。路地の両脇には安酒場や娼婦を抱えた店が並ぶ。

この路地を歩くには似つかわしくない二人だが、女たちは見境なく声をかけてくる。二人はその女たちを振り切りながら歩いた。

清八郎は胸が痛んだ。こんな場末で女郎をさせられているお葉。心が荒んではいないか、それだけが心配だった。

二人は河文の前に立った。

「それでは、島田殿。お頼み申す」

「まずは、尾形殿が一人で行かれる方がよいと思う。用心棒の浪人を連れてきたと思われたら、ややこしいことになるかもしれません。何かあれば、私も出張りましょう」

清八郎は、歯切れの悪い鉄斎に少し戸惑ったが、それもそうだと思い、一人で河文の暖簾を潜った。

奥の座敷で清八郎の前に座ったのは、河文の番頭(ばんとう)でいかにも癖(くせ)のありそうな男だった。

「確かに美里はここにおりますがね。お武家さんが二十両で身請けするってことですかい」

「そうだ」

「そりゃ、困りましたねえ。美里を身請けするには三十両を出してもらわないと」

万造と松吉が言っていた〝難癖〟とはこのことなのか。

「それはおかしい。美里は十年の年季(ねん)、二十両で売られてきたはずだ。残りは八年のはず。本当なら十六両で身請けできるのではないか。証文を見せていただきたい」

番頭は薄笑いを浮かべる。

「この世界じゃ、そんな算盤(そろばん)は成り立たないんですよ。美里はひと月ほど前、客に怪我(けが)をさせちまいましてね。生娘(きむすめ)でもあるまいし、客の好きなようにさせてやりゃいいものを、突き飛ばしちまいましてね。こっちも客商売ですから、相手に十両を握らせて丸く収めたってわけで。腕の骨が折れたってんですから仕方ないでしょう。そんなわけですから、三十両持って出直してきてください。お帰りはあちらですよ」

店前で清八郎から話を聞いた鉄斎は「なるほどな」と呟いてから、河文の暖簾を潜る。清八郎も後に続いた。奥から出てきたのは番頭だ。

「久し振りだな。確か……、銀次さんといったかな」

番頭は鉄斎の顔を見つめた。

「て、てめえは、あのときの浪人……」

「おいおい。いきなり、てめえ呼ばわりはないだろう」

鉄斎は、お糸の幼馴染み、お幸がこの河文で女郎にされそうになったのを助けたことがある。銀次の手下たちは、鉄斎に赤子の手を捻るように打ちのめされた。

「おとなしく帰るつもりだったが、そうもいかなくなったようだ。すまんが、私にもその話を聞かせてくれんか。その、怪我をしたというのは、どこのだれだ。

十両もの金を払って知らぬわけもあるまい。もし作り話だったら、ただでは済まんぞ」

　銀次は斜に構えて笑った。

「ひひひひ。いたんなら、はじめから出てきてくれりゃいいじゃねえですか。ご浪人さんも人が悪いなあ。そういうことでしたら仕方ねえ。二十両で手を打ちましょう」

「いや、十六両のはずだが……」

「ひひひひ。まいったなあ。ご浪人さんにはかなわねえや」

「それでは、この男を美里さんの部屋に案内してやってほしい。銀次さん。あんたは証文を持ってきてくれ。身請けの金は私が払おう」

　鉄斎は手にしていた風呂敷包みを清八郎に渡した。お染が娘用の着物一式を用意してくれたのだ。

　清八郎を見たお葉は、何が起こったのかわからず茫然とするだけだ。

「せ、清八郎様……」

お葉は、一段と痩せて弱々しく見えた。

「お葉ちゃん。遅くなってすまなかった。約束通り迎えに来たぞ」

「迎えに来たって……」

「お前を身請けしたんだ。お前は今日から美里ではない。お葉に戻るんだ」

清八郎はお葉を抱きしめた。

「すまなかった……」

お葉は清八郎の胸を押すようにして身体を離し、清八郎の目を見つめた。

「そ、それは本当ですか……」

「ああ。本当だとも」

お葉はしばらく絶句していたが、清八郎の胸に飛び込むと顔を埋めるようにして泣いた。清八郎は優しくお葉の背中を撫でる。

「嬉しくて泣くことなんて、二度とないって思ってました。これは、夢じゃないですね」

「夢なものか」

清八郎は、お葉の身体を離した。

「こんなところに長居は無用だ。水を汲(く)んでくるから白粉(おしろい)と紅(べに)を落として、この着物に着替えるんだ」

河文を後にしたお葉は、清八郎と並んで歩く。鉄斎はその少し後ろを歩いた。お葉の着物姿は清楚(せいそ)で、年頃の町娘にしか見えない。鉄斎はお染の見立てに舌を巻いた。清八郎はお葉を気遣(きづか)う。

「お葉ちゃん。歩けるか。無理ならばどこかに宿をとって、明日にするが」

「大丈夫です。それより、清八郎様。これは一体どういうことなのでしょうか」

「それは、落ち着いてから話そう」

清八郎には、真っ先に伝えなくてはならないことがある。お葉の母親が亡くなったことだ。だが、ここではとても話すことができない。

「尾形殿」

清八郎は鉄斎の声に振り返る。

「そこに辻駕籠(つじかご)がいる。お葉さんは駕籠に乗せた方がよいだろう」

「あたしは大丈夫です」

　お葉の声など耳に届かないというように、鉄斎は辻駕籠に声をかけた。鉄斎と清八郎は駕籠の後を早足で歩く。

「申し訳ございません」

「身請けの金は十六両で済んだのですから。殿には二十両ということにしておけばよい。お葉さんは身支度（みじたく）などで金がかかるはずだ。お葉さんのために使うのだから、知られたところで責められることはないでしょう」

「万造さんと松吉さんの言う通りでした。島田殿がいなければどうなっていたかわかりません。いや、お葉を身請けすることはできなかったでしょう。おけら長屋には世話になるばかりです」

　鉄斎は微笑（ほほえ）んだ。

「世話になるのは、これからだと思いますが……」

「それは、どういうことでしょう」

　清八郎は立ち止まった。

「ほら、歩かないと置いていかれますよ。ところで、尾形殿はお葉さんをどこに連れて帰るつもりですか」

「えっ、それは……。黒石藩の……」

「いきなり藩邸はまずいのではありませんか。お葉さんが女郎であったことを知っているのは、殿、江戸家老の工藤殿、そして、田村真之介だけです。藩邸でそれを悟られ噂になっては、お葉さんがかわいそうだ。それに、お葉さんは心も身体も傷ついている。しばらく気が置けないところで静かに過ごしてもらう方がよいでしょう」

清八郎は自分の額を拳で叩いた。

「まったく、拙者は気遣いのできない無調法者です。情けない……」

「幸い、おけら長屋には役者が揃っています。お葉さんはしばらく、おけら長屋で預かりましょう。おけら長屋は藩邸からも目と鼻の先です。焦ることはありません。時間をかけることも大切です」

「そうしていただければ……。何から何まで世話になるばかりです」

清八郎は足を止めて頭を下げた。

おけら長屋に着いたお葉を出迎えたのは、お染だ。

「お葉さん。この人がお染さんだ。困ったことがあったら何でも訊けばよい。ただ、酒を呑まされぬように気をつけねばならんがな」

「ちょいと、旦那。余計なことは言わないでくださいよ。さあ。お葉ちゃん。狭いとこだけど入ってくださいな。清八郎さんも」

座敷の隅には二組の布団が畳んで重ねてある。お葉を連れてくることは、お染の差し金だったのだ。

「それじゃ、あたしはちょいと買い物があるんで。旦那も付き合ってくださいな」

二人きりになった清八郎は、お葉と向かい合って座った。

「お葉ちゃん。まず、お前に悲しい出来事を告げなければならん」

清八郎は懐から取り出したものを、お葉の前に置いた。それは半紙に包まれた髪の毛だった。

「三月前、お種さんが亡くなった……」

お葉は、その髪の毛を見つめた。

「お、おっかさんが……、し、死んだ……」

「風邪をこじらせたらしい。熱にうかされながら、お前の名前を呼び続けていたそうだ。すまん。津軽からの道中、どう話そうかいろいろ考えたのだが、こんな言い方しかできん」

お葉は母親の髪の毛を、そっと手に取った。

「こ、これが、おっかさんの……」

お葉はその髪の毛を握り締めると、胸に押し当てた。

「お、おっかさん……、ど、どうして……。逢いたかった。おっかさんに逢いたかった。おっかさん……」

父や母や弟を守るために売られ、男たちに弄ばれ、傷つき、痩せ細り、母親の死に目にも会えなかったお葉。この娘を幸せにせねばならないと心から思った清八郎は、お葉が落ち着くのを待った。

「お葉ちゃん。前を向いて生きよう。おれもお前もだ」

お葉は俯いたままだ。無理もない。

「殿から新しい役目をいただいた」

お葉は顔を上げた。

「お殿様から……」

「そうだ。なんとしても成し遂げなくてはならんお役目だ。そのために力を貸してほしい。お葉ちゃんに手伝ってもらわねばできぬお役目なのだ」

「あたしに……」

「そうだ。おれは、吉原(よしわら)の初音家でお葉ちゃんと偶然に出会ったことを殿に話した。いや、殿に詰め寄った。ご自分が治める藩の娘たちが売られて、悲しい暮らしをしているのをご存知かと、切腹覚悟で訴えたのだ。黒石藩にはこれといった名産がない。日照りや冷夏が続き、作物が不作になれば、またお前のような、何の罪もない者たちが犠牲にならなければならない。そんな者たちを出さないようにするのが藩主の務めではないのかと。おれは殿にそのことを訴えて腹を切るつもりだった」

「清八郎様……」

「殿はおれの話を親身(しんみ)になって聞いてくれた。そして、おれに新しいお役目を与えてくださった。津軽に戻り、そのような娘たちを一人も出さぬような手立てを考えよと。おれは後ろ髪を引かれる思いで津軽に戻った。道中、何度も何度も振り返ってはお前に詫びた。そして、誓った。〝お葉ちゃん。すまん。待っていてくれ。必ず救い出す〟とな」

お葉の頬にひと筋の涙が流れた。

「この二年間は本当に辛いことばかりでした。江戸に来てからは、ずっと吹雪にさらされているようでした。でも、今の清八郎様の言葉で救われたような気がします」

お葉の表情が少し緩んだように見えた。

「津軽に戻ったものの、よい手立ては浮かばない。絹を作るには桑を植えなければならない。養蚕のための葉が育つまでは何年もかかるだろう。織物を作るには機が要る。黒石藩にはそれを買う金はない。それに、機織りを育てるには長い年月がかかる。おれは眠れぬ夜を過ごした」

清八郎はそのときのことを思い出すと、胸が押しつぶされそうになる。

「そんなある日、佐助とお種さんがおれを訪ねてくれた。味噌漬を作ったからと言ってな」

「おとっつぁんとおっかさんが……」

「そうだ。美味かった……。久し振りに食べた味噌漬は腹だけでなく、心にも沁(し)みた。おれが美味そうに食べる姿を見て、佐助もお種さんも嬉しそうだった。だがな、それは本当の笑顔ではない。佐助とお種さんは、いつだってお葉ちゃんのことを思っているからだ。おれは、江戸で偶然、お前に会ったとは言えなかった。そんなことが言えるわけがなかろう。もちろん津軽にいないことは知っている。だが、だれもそのことは口にしなかった。お前の姿が目に浮かんだ。涙が溢れてきてな。おれの頬を伝った涙は、雫(しずく)のように味噌漬の上に落ちた。おれにはそれが、お葉ちゃんの涙のように思えたのだ」

清八郎はお種が作った味噌漬を津軽藩の城下町に配り、大評判を得て、仙台でも名代(なだい)の料理屋が二十両の手付金を置いていったことを話した。

「その二十両で、あたしのことを……」

「そうだ。殿にも話は通してあるから心配するな。そんなことよりも味噌漬だ。おれは、この味噌漬を名物にできたら、お葉ちゃんのような娘を救うことができるのではないかと考えたのだ。お前の祖母と母親が作ったというのも、何かの因(いん)縁(ねん)だと思う。だが、味噌漬の作り方を知っているのはお種さんだけだった。おれの胸には二つのことがのしかかった。お種さんが亡くなったことを、お前にどうやって告げればいいのか。そして、味噌漬をどうやって作るかだ。佐助が言うには、お葉も一緒に味噌漬を作っていたと……」

清八郎は頭を下げた。

「お葉ちゃん。おれを助けてほしい。佐助からできうるだけのことを聞き、黒石藩の料理番に作らせたものの、お種さんが作った味噌漬とは違うのだ。香りも違う。深みも違う」

清八郎は頭を上げた。

「殿は料理番の作った味噌漬を大層お気に入りでな、味噌漬を黒石藩の名物にしたいという願いを、聞き入れてくださった。清八郎に任せると言ってくださったのだ。味噌漬の作り方を知っているのは、お葉だけだと話すと、二十両で身請けすることも認めてくださった。おれは殿の恩義に報いるため、何としても、いや、殿のためではない。お前と同じような娘を出さぬためにも、この味噌漬を、どこに出しても恥ずかしくない黒石藩の名物にせねばならんのだ。頼む。お葉ちゃん。力を貸してくれ」

お葉は静かに目を閉じた。

「婆様とおっかさんの味噌漬を、あたしが……」

「そうだ。それができるのはお前一人なのだ」

お葉は母親の髪の毛を握り締めると、力強く頷いた。

三

湯屋の帰りに蕎麦屋に寄ったお染とお葉は、おけら長屋へと足を早める。

「もうすぐ春とはいえ、陽が暮れると冷えるねえ。せっかく湯屋と蕎麦で温まったっていうのにさ」

お葉は珍しそうにあたりを見回す。

「どうしたんだい」

「江戸に来てから出歩いたことなどないものですから」

売られてきたお葉は、籠の鳥だったのだ。

「それじゃ、近いうちに浅草見物にでも行こう。奥山ではいろんな見世物をやってるからさ」

「でも、あたしには……」

「その味噌漬のことかい」

「ええ……」

お葉は味噌漬のことを、お染に話した。

「何も今日明日って話じゃないだろう。急いては事を仕損じるっていうじゃないか。お葉ちゃんは、ここでしばらくゆっくりしてればいいのさ」

おけら長屋に戻り、お染が行灯に灯を入れる。

「さて、すっかり身体も冷えちまったことだし、ちょいと温まろうかね」

お染が湯を沸かし、徳利に酒を入れる姿を見て、お葉はクスリと笑った。

「何がおかしいんだい」

「ごめんなさい。島田さんが、お酒を呑まされないように気をつけろって……」

燗がつくと、お染は猪口を取り出した。

「あたし、お酒は呑めないんです。どうしようもないときに呑んだことはあるけど……」

猪口は三つ置かれている。

「えっ……」

お染は部屋の隅に置かれた、お葉の風呂敷包みに目をやった。

「おっかさんをここに置いてあげなさい」

お染は壁の前に置いてある箱膳を指差した。

「こんなお通夜（つや）で申し訳ないけど、供養（くよう）にはなるだろう」

箱膳にお種の髪の毛が置かれ、その前には線香（せんこう）と蠟燭（ろうそく）が立てられた。そして、お染は酒を注いだ猪口を置く。

「さあ、お葉ちゃん……」

お葉は箱膳の前に正座をして手を合わせる。涙は出なかった。なんだか母親に守られているような温かい思いがしたからだ。

「あたしもいいかい」

お染も手を合わせた。お染は自分の座布団に戻ると、二つの猪口に酒を注ぐ。

「お浄（きよ）めだから、お葉ちゃんも口をつけなさい」

二人は酒に口をつけると、静かに猪口を置いた。蠟燭の灯（あか）りが微（かす）かに揺（ゆ）れている。

「お葉ちゃんのおっかさんは呑ける口だったのかい」

「いえ。おとっつぁんもおっかさんも、お酒は呑りません」

「そうかい。それならこのお猪口に一杯でいいね。あたしは勝手に呑らせてもらうよ」

お染は膝を崩して猪口を傾ける。蠟燭の灯りに揺れるお染の顔は美しかった。

「お葉ちゃんのおっかさんは優しい人だったんだろうね」

お葉は頷いた。

「おとっつぁんも、おっかさんも優しい人でした。夫婦仲もよくて、喧嘩をしているところなんて見たこともありませんでした。でも、あたしが江戸に売られていくことが決まった夜に、はじめて喧嘩をしているところを見ました」

《かっちゃ。だがら、オラは子供なんかいねえ方がいいって言ったんだ。百姓なんかの子さ生まいたら、待ってらのは地獄だけだ。死ぬまで野良仕事ば続けてよ。それでもまだ食ってければいいじゃ。作った米ば年貢さ取らいて、こっちは

飢え死にだべな。こった目に遭うのはオラたちだけでたくさんだ》

《だばって、うちらは子供がいたはんで、今まで頑張ってこれたべな。だはんで、子供は宝だって言うでねえか》

《馬鹿こくでねえ。それだば、なしてお葉は売られてくんずや。その宝ば手放して、オラたちが生き残ってどうすんのや。そんだば、親子揃って首さ括って死んだほうがましだべな。オラにはその覚悟ができてらじゃ》

《とっちゃ。忠吉だけは助けてやってけじゃ。まだ子供でねが》

《どっちみち、忠吉だっきゃ生き地獄で苦しむだけだ。それだば、そったら苦しみば知る前に楽にしてやるのが親ってもんでねえのか》

お葉は蠟燭から線香に火をつけた。

「あたしは両親の間に割って入りました。あたしは売られても死ぬわけじゃないからって。十年したら必ず帰ってくるからって」

お葉は線香を立てて、蠟燭の灯りを見つめている。

「あたしが女衒に連れていかれるとき、村の外れまで見送りに来たおとっつぁんとおっかさんの顔は忘れません。『お葉、すまねえ』『許してくれ』って……。あたしがおっかさんを思い出すとき、おっかさんはいつも、そのときの顔をしてるんです。笑ってるおっかさんの顔が思い出せないんです。お染さん、どうしてでしょうかねえ……。もう、笑ってるおっかさんの顔は見ることができないんですよね」

　お染は、お葉の横顔を見て驚いた。

「お葉ちゃん。泣いていないのかい。今夜は思い切り泣かせて、もうお葉ちゃんの涙を空（から）っぽにしちまおうって思ってたのにさ」

　お葉は蠟燭の灯りを見つめたままだ。

「清八郎様は言いました。あたしのような娘を救うため、あたしのような娘を出さないために力を貸してくれと。でも、あたしは違います。あたしは、人の親に、あたしのおとっつぁんとおっかさんのような思いをさせないために頑張るだけです」

　灯りを見つめるお葉の目は力強かった。

翌朝――。

お染が目を覚ますと、お葉は正座をして紙を見つめていた。布団はきちんと畳まれて座敷の隅に置かれている。

「あ、お葉ちゃん。何を見てるんだい」

「あ、お染さん。おはようございます。起こしてしまいましたか」

お葉は紙に目を戻した。

「黒石藩の料理番が、おとっつぁんから聞いた味噌漬を作ったときの材料や作り方を、清八郎様が書き留めたものです」

紙には細々した文字が書き連ねてあるようだった。

「お葉ちゃんは漢字も読めるんだね」

「ええ。読み書きは清八郎様が教えてくれました。百姓の娘で漢字が読めるのはあたしだけだったんですよ。清八郎様のおかげです」

お葉は、その紙に書いてあることを何度も読み返していた。

その日の夕刻、お染はお葉を酒場三祐に連れていった。そこに清八郎が来ることになっていたからである。お染とお葉が三祐に着くと、すでに清八郎と鉄斎は座敷に座っていた。

少し離れた隣席には万造、松吉、そして聖庵堂のお満が座っている。お染は、万造、松吉、お満にお葉を紹介してから、清八郎のいる席に腰を下ろした。清八郎が何か言いかけたが、それよりも早く鉄斎が口を開いた。

「お葉さん。おかげ様で。昨夜はゆっくり眠れたかな」

「ええ。おかげ様で。でも、島田さんの言った通りで、お染さんにお酒を呑まされそうになりましたけど」

「ちょいと、お葉ちゃん。余計なことは言わなくていいんだよ」

万造と松吉が大声で笑った。

「うるさいねえ。あんたたちが笑うことないだろう」

お葉も口をおさえて笑いを堪えた。

「お染さんが隣にいてくれるだけで安心して眠れます」

それを聞いた万造が――。

「おれの隣なら、もっと安心して眠れるぜ」

お染の目が吊り上がる。

「うるさいねえ。お満さん、なんとかしておくれよ」

お満に睨まれた万造は肩をすぼめる。お栄が盆に徳利を五本のせてやってきた。

「えーと。まず、はじめに訊いておきますけど、今日の呑み代はだれが払うんでしょうか。返答によっては、このまま持ち帰りますけど……」

万造と松吉は外方を向く。清八郎が――。

「某がお支払いいたす」

お栄は作り笑いを浮かべると、五本の徳利を清八郎の席に置いた。松吉が徳利を指差す。

「お、おい。なんで、五本ともそっちに置くんでえ。二本くれえは回してくれや」

清八郎は「どうぞ」と言いながら、徳利を勧める。万松の二人は両手で四本の徳利を握ると、自分たちの前に置いたが、お満に睨まれて二本を戻した。お葉はまたしても口をおさえて笑いを堪えた。

鉄斎は心の中で「見事だ」と呟いた。これが、おけら長屋の真骨頂なのだろう。お葉の張り詰めている心を緩ませ、その心を開かせる。そしておけら長屋の人たちの心のつながりが、ほんのりと見えてくる。住むところは違っても、お栄もお満も立派なおけら長屋の一員だ。

　お葉が帯の間から紙を取り出した。

「清八郎様。味噌漬のことですが……」

　清八郎の身体が前のめりになる。それが聞きたくて仕方なかったのだ。清八郎はお葉の言葉を待つ。

「ここに書いてある物のほかに、味噌漬に入れていたのはニンニクです」

　清八郎は「ニンニク……」と繰り返した。ニンニクは料理に用いられることもあったが、臭いがきついため、それほど馴染みのある食べ物ではなかった。お満が独り言のように言う。

「ニンニクは強壮剤として使われるの。私の実家の薬種問屋でも乾燥させたニンニクを置いているわよ」

　お葉は頷いた。

「津軽の農家でも、力がつくと重宝にしていて、家で食べる分くらいですけど、ニンニクを作っています。このニンニクをすって入れるんです。ほんの少しだけなんですけど。入れすぎると臭くなってしまいますから。少し入れると、ほどよい香りがして、腐りにくくなるんです。それと、夏場は唐辛子を少し。やっぱり腐りにくくなるし、味も引き締まるんです」

万造、松吉、お満には何の話だかわからない。清八郎は、江戸に出てきた理由と味噌漬のことを話した。万松の二人は目を輝かせる。

「食ってみてえなあ。その味噌漬ってやつをよ。なあ、松ちゃん」

「まったくでえ。清八郎さん。いつまでに津軽へ帰らなきゃならねえって決まりはあるんですかい」

「特にはないのだが……」

「それなら、まずここで作ってみりゃいいじゃねえですか。そうなりゃ、みんなで味見ができるってもんだ。いや、おれたちだけじゃねえ。黒石藩の殿様は江戸に詰めてるんでしょう。殿様に味見をしてもらって太鼓判をもらえりゃ、鬼に金棒ってもんでえ」

お染は鉄斎と目を合わせて小さく頷いた。

「あんたたち、たまにはいいことを言うじゃないか。お葉ちゃん、そうおしよ」

お染と鉄斎は、しばらくの間お葉を、おけら長屋でゆっくりさせたいと考えていた。お染は昨夜、お葉が夢にうなされているのを目の当たりにした。お葉の胸の中には黒く淀（よど）んだ闇（やみ）が渦巻（うずま）いている。その闇が晴れて光が差し込むまで、温かく見守ってやらなければならない。

そして、もうひとつ。お葉が前を向いて暮らしていける〝いきがい〟を見つけてあげることだ。

「尾形殿。私もそれがよいと思う。殿に味噌漬を食べていただくことが肝要だ」

鉄斎の言葉に、お葉は目を丸くした。

「あ、あたしが作った味噌漬を、お殿様が……」

「そうだ。それが、お葉さんの仕事だ」

「でも、材料（ざい）が……」

松吉が猪口の酒をあおった。

「江戸にはなんだってあるんでえ。何が要るのか言ってみなよ」

「まずは、大根に人参に椎茸……」

「そんなもんは、こんな汚(きたね)え店にだってあらあ……。い、痛(いて)え……」

お栄が投げた大根の切れ端が松吉の頭に当たる。続いて人参も。

「い、痛えなあ。何をするんでえ」

水で戻した椎茸は、松吉の頭をかすめて、万造の額に張りついた。

「つ、冷てえ。おれは何にも言ってねえだろうよ」

松吉は万造の額から椎茸を剝(は)がす。

「どうでえ。あっという間に揃ったじゃねえか」

お葉は紙に目を落とす。

「それから、味噌……」

お満が手を上げた。

「聖庵堂の三軒隣に遠藤屋(えんどうや)っていう味噌問屋がありますよ。その味噌漬にはどんな味噌が合うのかわからないけど、赤味噌、白味噌、その他にもたくさん置いてあります。お葉さんの見立てで合わせることもできるし……」

「でも、根昆布が……」

一同が同時に声を上げる。

「相模屋だ〜」

お葉と清八郎は驚いて、座布団から飛び上がったように見えた。

「おけら長屋に与兵衛っていう乾物屋の隠居が住んでやしてね。干した昆布みてえに干上がった嫌味な爺ですがね。この店の根昆布はなかなかの評判らしい。おれか松ちゃんが隙を見てかっぱらってくるからよ。心配しねえでくれ」

「ニンニクは……」

お満がまた手を上げる。

「それは、私が木田屋から、かっぱらって……、や、やめてよね。私にまで感染っちゃったじゃないのよ」

みんなが大声で笑った。

「でも、どこで作れば……」

座敷の下には、お栄が立っている。

「ここの厨を使ってください。漬樽も、大中小と取り揃えてありますけど……」

お染は満面の笑みを浮かべる。

「どうやら、すべて揃ったようだね。それじゃ、話がまとまったところで、お葉ちゃんの歓迎会と洒落こもうじゃないか。お栄ちゃん。肴を見繕ってちょうだいな」

宴席の中、お葉も楽しそうにしている。万造はお満の耳元で囁く。

「どうでえ。女先生の診立ては……」

お満は横目でお葉を見ながら——。

「身体は大丈夫そうだね。出歩くことが少なかったようだから、小まめに歩いて少しずつ身体に力をつけていくことが大切だと思う。津軽までの長旅ができるまでには、うーん。ひと月くらいはかかるかなあ。でもね、万造さん。お葉さんの心の中まではわからないよ。耐え難い暮らしをしてきたはずだから……」

万造は黙って猪口を口に運んだ。

四

翌朝から、お葉は三祐の厨で味噌漬の仕込みに取りかかった。大根、人参、椎茸を千切りにして、塩をまぶす。お栄は、お葉の隣で作業を覗き込むようにしている。

「この塩は下味をつけるためなの？」

「それもありますけど、水気（みずけ）をとるためなんです。塩を振ると水気が出てきます。これをしないと水っぽくなってしまうんです。それに腐りやすくなるし。これを手拭い（てぬぐ）に挟（はさ）んで……、水気がなくなったら、しばらく陰干（かげぼ）しします」

　お葉はザルの上に大根、人参、椎茸を並べる。お栄は前掛けを外した。

「それじゃ、お葉さん。聖庵堂に行こう。お満さんが首を長くして待ってるよ」

　聖庵堂の三軒隣にある遠藤屋は、味噌問屋の老舗（しにせ）だ。お満が暖簾を潜ると、番頭が帳場から立ち上がる。

「これは、お満先生。先日は旦那様が大変お世話になりまして……」

「お加減はどうですか」

「へえ。おかげさまで熱もすっかり下がりまして。悪い虫も騒ぎ出したようで、明日は吉原（なか）に繰り出すなどと申しております」

「とんでもない。あと三日は外に出してはいけませんよ。いいですね」

　番頭は笑った。

「そのようにお伝えいたしましょう。旦那様はお満先生の名を出すと言うことをききますから。ところで、今日は……」

お満は暖簾を捲(まく)ると、お葉とお栄を招き入れる。

「味噌を分けていただきたいのですが、ちょっと見せていただいても構いませんか」

「どうぞ、どうぞ。気に入ったものがありましたら声をかけてくださいまし」

店の中には、大きな樽(たる)が六つ並んでおり、色の違う味噌が富士山のように盛られている。

「お葉さん。どれにしますか」

お葉はひとつひとつの味噌を見極める。丁稚(でっち)が小皿と小さな杓文字(しゃもじ)を持ってきた。

「どうぞ、味見をしてください。って、番頭さんが……」

丁稚が番頭の台詞(せりふ)をそのままの口調で言ったので、お満は笑いを堪えた。

お葉は、色の濃い二つの味噌が気になっているようだ。お満はその二つの樽を、丁稚に向かって指差した。

丁稚は小皿の両端に二つの味噌をのせて、お満に渡した。そして、お満はそれをお葉に渡す。お葉は味噌の匂いを嗅いでから、小指の先につけて舐める。口の中では舌が小刻みに動いているようだ。お満とお栄は、その姿を静かに見守る。

お葉はもうひとつの味噌も舐めた。そして、二つの味噌を小指の先で混ぜ合わせて舐めた。

「うん。百姓が作る味噌は、こんな上等なものではありませんが」

お葉は小さく頷いた。

「この二つの味噌を合わせて使いたいです」

お満は番頭を呼んで、二つの味噌を注文した。番頭はお葉が気にかかるようだ。

「お満先生。うちの味噌を何に使うんですか」

お満は茶目っ気たっぷりに微笑む。

「番頭さん。すごいわよ。遠藤屋さんの味噌がたくさんの人を救うんですから」

「それは、どういうことでしょう」

「ふふ。今はまだ言えないんです。お代はいかほどになりますか」

番頭は頭を振る。

「お満先生からお代などはいただけません。この前、旦那さんが熱を出したときも、夜中にかけつけてくださいましたし。どうぞ、味噌はお持ちください」

お満は深々と頭を下げて、重そうな味噌を受け取った。

遠藤屋から出ると、お満は味噌と一緒に、小さな包み紙をお葉に渡した。

「私はここまで。はい、ニンニクよ。私の実家は日本橋で薬種問屋をやっていてね、今朝、聖庵堂の小僧さんに行ってもらったの。運よく強壮剤に使うニンニクがあったんで、少し分けてもらってきたわ。これだけで足りるかしら」

お栄は、そんな二人を見て微笑む。

「さてと、次は相模屋のご隠居さんね」

お栄とお葉がおけら長屋に戻ると、井戸端で二人を迎えたのはお染だ。

「味噌とニンニクは手に入ったのかい」

お栄はにっこりする。

「上々です。今のところ財布から一銭も出ていません。仕込みがあるので、あたしはここで失礼します」

「ご苦労さん。それじゃ、相模屋のご隠居はあたしに任せてもらうよ」

お染とお葉は、与兵衛の家の前で声をかけてから引き戸を開く。

「ご隠居さん。ちょいとおじゃましますよ」

家に訪れる者などほとんどいない与兵衛は、満面の笑みを浮かべる。

「おお。お染さんか。お待ちしていましたよ。さあさあ、上がってくださいな」

お染は、お葉を連れて座敷に上がり、与兵衛の前に座った。

「こちらが、そのお葉さんですか。お若いのにたいしたものです。お染さんから聞きましたよ。料理の修業のために津軽から出てきたとか。なかなかできることではありません」

お葉は、何を言われても頷いていればいいと念を押されている。

「相模屋のことは、どこで聞きましたかな」

お染が答える。

「道中で何度も耳にしたんですって。江戸で乾物屋と言えば本所（ほんじょ）の相模屋さんだって。それでお葉ちゃんは一度でいいから、相模屋さんの乾物で料理をしてみたいって思ってたって言うんですよ。ねえ、お葉ちゃん」

お葉は、お染に合わせようと、何度も頷く。

「私もその話を聞いて、自分のことのように嬉しくなっちまいましてね。だって、そんなすごい乾物屋さんのご隠居さんが、同じ長屋に住んでるんですから。つい自慢したくなって、連れてきちまったんですよ」

お染の話を聞く与兵衛の目は、心なしか潤んでいる。

「それでね、ご隠居さん。今、お葉ちゃんは根昆布が必要だってんですよ。でも根昆布なんて、このお江戸じゃあなかなか手に入らないでしょう。だけど、江戸一番の相模屋さんだったらどうにかなるんじゃないかって……」

「もちろんです。最上の根昆布をご用意しましょう」

与兵衛はそう言うと、そっと袂で目元を拭った。

「そんな嬉しい言葉をいただいて、商売人冥利に尽きます。地道に商いを続けていると、こんなご褒美をもらえることがあるんですね。嬉しいです。こんなに嬉しいことはありません」

めったに見ない与兵衛の涙に、お染は心苦しくなってきたが、手を緩めるわけにはいかない。

「それで、ご隠居さん。ご覧の通りお葉ちゃんはこの若さで、持ち合わせも多くはありません。ですから、できれば相模屋さんの根昆布を安く譲っていただければと……」

与兵衛は、スッと立ち上がると、奥から紙包みを取り出してきて、お葉の前に置いた。

「相模屋で一番上等な根昆布です。どうぞ、これをお使いください。いやいや、お代などは要りませんよ」

「ご隠居さん、そういうわけには……」

「私だって江戸っ子の端（はし）くれです。これくらいのことはさせてください。それから、これは、お染さんから渡してあげてください」

与兵衛は小さな紙包みを置いた。

「私からのほんの気持ちです。お葉さんの前途を祝う祝儀（しゅうぎ）だと思ってください」

お染は、その紙包みを押し返す。

「いけませんよ、ご隠居さん。こんなことをしてもらっちゃ……」

「私に恥をかかせないでくださいよ」

「そんなあ……、そ、そうですか。まあ、ご隠居さんの、せっかくのお気持ちですから」

「たいして入ってはおりません」

お染は紙包みを素早く指先で引き寄せると、帯の間にしまい込んだ。

「それじゃ、遠慮なく。お葉ちゃん、ご隠居さんに感謝するんですよ」

呆気(あっけ)にとられているお葉は、お染と与兵衛の遣(や)り取りを、芝居の客のように眺めていた。

材料が揃ったお葉は、その日から味噌漬の仕込みに取りかかった。


七日後――。

酒場三祐の座敷に集まったのは、万造、松吉、お染、お満、鉄斎、そして、清八郎の六人だ。清八郎は、お葉を身請けしたときの残りの金で酒を用意して席を設けた。もちろん、味噌漬の味見のためである。

大きな盆を両手で持ったお葉とお栄が座敷に上がった。そして、その盆からそれぞれの前に皿が置かれる。敷かれた紫蘇の葉の上に、味噌漬がこんもりと盛られていた。お葉は正座をする。

「みなさんに材料を揃えていただき、婆様とおっかさんの味噌漬を作ることができました。どうぞ、召し上がってみてください」

お葉の肌艶はよく、七日前よりもふっくらして見える。六人は示し合わせたように箸を手に取った。

「これが、その味噌漬か……」

最初に味噌漬を口に運んだのは万造と松吉だ。

「う、美味え。なんだかわからねえが、美味え」

「ああ。今まで食ったことがねえ味だが、なんだか懐かしい」

続いてはお染だ。お染は味噌漬を咀嚼すると、猪口の酒を呑んだ。

「酒に合うねえ。食べると呑みたくなる。呑むと食べたくなる。止まらなくなるよ」

お次は、お満だ。お栄は炊き立ての白飯が盛られた茶碗を渡した。

「ご飯にのせて食べてみて」

お満は味噌漬を白飯の上にのせて口に運んだ。お満は何も言わずに、もう一度、味噌漬を白飯の上にのせて食べた。そして、もう一度……。

「おう。なんとか言ったらどうなんでえ」

万造の言葉で我に返るお満。

「ご、ごめんなさい。忘れてたわ」

一同はずっこける。

「こんなにご飯と合うものはないわ。食べると食べたくなる。食べると食べたくなる」

「何を言ってるんだかわからねえや」

「そのくらい、美味しいってことよ」

鉄斎と清八郎も味噌漬に箸をつけた。鉄斎は唸る。

「確かにこれは美味い。味噌味なのだが、ただの辛口ではない奥の深い旨味がある」

清八郎が「これは……」と口走った。

「これは、佐助の教えで作った味噌漬とは違う。そうだ。これが、お種さんが作ってくれた本物の味噌漬だ」

「みなさんのおかげです」

お葉は深々と頭を下げた……が、だれも聞いてはいない。

「食感がいいねえ。柔らかい椎茸と人参の歯ごたえが、なんとも言えないよ」

「本当に。とろみがあるのは根昆布を入れてるからかしら」

お栄が答える。

「根昆布は、出汁が出たら取り出してしまうんです。口のなかに味と香りが広がるのは、ニンニクを入れてるからなんだって。ちょっと、万松のお二人さん。呑み食いばかりしてないで、何か言いなさいよね」

万造は箸を置いた。

「こりゃ、名物になること間違(まちげ)えねえ。たくさん作ってよ、江戸でも大々的に売り出しゃいいじゃねえか。なあ、松ちゃん」

「ああ。両国橋の料理屋花月(かげつ)や、柳橋(やなぎばし)に持っていけば高値で買うと思うがな。突き出しでこの味噌漬を出せば、評判になるぜ。おまけに酒も進むから、店の売り上げも上がらあ」

　鉄斎も箸を置いた。

「だが、逆もある。なかなか手に入らないから値打ちが上がるということもあるだろう。まずは、津軽藩と仙台城下での評判を高めるべきだな。その評判を元に奥州全体に広げていく。それに、黒石藩の百姓たちがこの味噌漬を作って、どのくらい売りに出せるかも調べなくてはならんだろう。まあ、これは、尾形殿の仕事だがな」

　清八郎は両手を膝の上に置いた。

「これから先のことは、某の一存では決められません。さっそく藩邸に持ち帰り、殿に味見をしていただく所存です。某はひと足先に失礼いたしますが、どうか、ごゆっくりなさってください」

　清八郎は味噌漬を大切そうに小脇に抱えて、三祐から出ていった。

　味噌漬を口にした高宗は舌鼓を打つ。

「こ、これが本物の〝はるざれ〟か。よくやった。きっと……、いや、必ずこの〝はるざれ〟は黒石藩の名物となろう。段取りは考えてあるのだろうな」

「まず、藩内の百姓に〝はるざれ〟の作り方を教えますが、分家など、持つ田畑の少ない百姓に先んじて教えようと考えております。これにはお葉が中心となってあたってもらいます。作り手によって味が違っては信用に関わりますので、某とお葉が味のわかる者を選び、味利き（あじき）をさせます」

高宗は、満足げに頷く。

「良い考えだ。お葉には、ずいぶんと働いてもらわなくてはならぬが、其方（そのほう）が共にあるなら安心だろう。……よいか。〝はるざれ〟の作り方を書き残してはならんぞ。他の藩に知られたら元も子もない。口頭で教えるのだ。必ず、他言は無用とせよ」

「心得ております。値付（ねつけ）については、勘定方（かんじょうかた）と相談いたします。某は弘前の料理屋、そして仙台の丸善家に〝はるざれ〟を卸し、評判などを見極めて、今後の策を決める所存です」

「すべて、お前に任せる。ところで、お葉はどうだ。津軽までの長旅ができるまでには、まだ時間（とき）がかかりそうか」

「あと、十日もすれば……」

「くれぐれも無理をさせるでないぞ。ねぎらってやってほしい。頼んだぞ」

清八郎は深々と頭を下げた。

五

二日後の夕刻――。

清八郎がおけら長屋を訪ねると、住人たちの様子がおかしい。

「こちらの魚辰さんが某のところにみえて、すぐおけら長屋に来てほしいと……」

お染の家にいたのは、お染と鉄斎だ。お染の表情は曇っている。

「お葉ちゃんがいなくなっちまったんですよ」

清八郎は頭が真っ白になる。

「いなくなったって……」

「あたしは朝から用事がありましてね。お葉ちゃんには七ツ（午後四時）には帰るって言っておいたんですけど。あたしが戻ると、こんなものが置かれてましして……」

お染は紙を差し出した。清八郎はその紙を奪うようにして取った。

〝おせわになりました　ごめんなさい〟

紙を持つ清八郎の手は震えている。

「それで、お葉は……」

「もちろん、長屋のみんなで手分けをして捜してますよ。でもね、お葉ちゃんは江戸に知り合いなんていないはずだし、どこを捜せばいいのか。お金だって持っていないと……」

鉄斎は腕を組んだ。

「私が知りたいのは、お葉さんがいなくなった理由だ。そんな素振りは見せなかったしな。尾形殿。お葉さんと最後に会ったのはいつですかな」

清八郎は「昨日の夕刻……」と呟いて、口籠もった。お染は何かを感じ取ったようだ。

「清八郎さん。何か思い当たる節はないのかい。あったら話しておくれよ」

清八郎は紙を持ったまま、その場に座り込んだ。

「殿からのお墨付き(すみつ)もいただき、あとはお葉の身体が元に戻れば、一緒に津軽へ帰ることができます。お葉には、味噌漬の作り方を教えるなど、某(それがし)と共に働いてもらわねばなりません。それで……」

「お葉ちゃんに何か言ったのかい」

「某と一緒になってほしいと言いました」

「一緒になるって、清八郎さんはお武家で、お葉ちゃんは百姓の娘じゃないか」

「そんなことはわかっています。でも、某は、お葉を幸せにしてやらなくてはならんのです」

「それで、お葉ちゃんは何て答えたんだい」

「何も答えませんでした」

お染は深い溜息(ためいき)をついた。

「裏目に出ちまったねえ……」

「ど、どういうことでしょうか」

清八郎はお染に詰め寄った。

「清八郎さん。女心がわかってないねえ。清八郎さんの気持ちは、あたしも嬉しい。ありがたいとも思います。でもね、もっと時間をかけなきゃ駄目なんですよ」

　お染は茶を淹れた。

「こんなことは言いたくありませんけど、お葉ちゃんは、ほんの十日前まで、金で男に買われてたんですよ。あの歳で、見たくないものもたくさん見ちまったんですよ。お葉ちゃんは清八郎さんのことを好いていた。女のあたしにはわかります。あたしはね、武家と百姓の娘だからって話をしてるんじゃないですよ。お葉ちゃんはね、女郎だった自分が清八郎さんと一緒に暮らすなど、できるわけがないと思ってるんですよ」

　清八郎は紙を床に置いた。

「某は、お葉が女郎だったことなど何とも思いません。お葉はお葉なのですから」

「でも、女はね……。お葉ちゃんはそういうわけにはいかないんですよ。お葉ちゃんだって、清八郎さんが言ったことは本当の気持ちだってわかっている。でも、何かのときに、ふと昔のことが心に浮かんでしまう。そのときに清八郎さんが苦しむのを見るのが辛いんですよ。それに、清八郎さんには将来がある、尾形家の嫡男としての立場もある。清八郎さんにふさわしい武家の娘がいるはずだ。そう思う、お葉ちゃんの気持ちもわかります。だから、お葉ちゃんは姿を消したんですよ」

鉄斎が立ち上がる。

「とにかく、お葉さんを捜すことが先だ。私は大川（隅田川）の西側に行ってみよう」

だが、お葉の行き先は三日過ぎてもわからないままだった。

予想通りというか、期待通りというか、お葉の行き先を見つけてきたのは万松の二人だった。三祐で万松と向かい合っているのは、お染と鉄斎だ。

「お葉ちゃんがいた吉原の外れの初音家は、主が変わってましてね。そこの若い者だった男を松ちゃんが見つけたんでさあ」

「大概あんな連中は、同じような店を渡り歩くもんだからよ。近くの場末の女郎屋にいましたぜ。乙吉って野郎がよ。この乙吉に訊いてみたんでさあ。お葉ちゃんが初音家にいた時分に、親しくしてた女郎はいねえかってね。あんなところにいる女たちは、傷を舐め合って生きていくしかねえ。一人や二人はそんな間柄の女がいるはずだって」

鉄斎は松吉に酒を注いだ。

「いましたぜ。やはり津軽の出で、お芝って年増の女郎がよ。右も左もわからねえお葉ちゃんのことを、何かと面倒みていたそうでさあ。ここからは万ちゃんが……」

お染は万造に酒を注いだ。

「それで、そのお芝って女はどうしたんだい」

「八か月ほど前に年季が明けて、馴染みだった男と所帯を持ったそうでえ。男は堀留町の裏長屋に住む、駒助っていう遊び人らしい」

「八か月前ってことなら、お葉ちゃんはまだ初音家にいたことになるね。お葉ちゃんが、そのお芝って女を頼っていったとしても不思議じゃないね」

松吉は猪口を出して酒を催促する。

「だから、もう確かめてきたぜ。堀留町にある恵比寿長屋だ。お葉ちゃんはそこにいる。だがよ、無粋（ぶすい）なおれたちじゃ、手も足も出せねえや。ここからは任せるから頼んだぜ。お葉ちゃんには幸せになってもらいてえからよ」

お染は酒を呑みほすと、自分の胸を叩いた。

翌日、お染と鉄斎は堀留町にある駒助の家を訪ねた。引き戸を開けると、奥の座敷では立て膝姿の男が酒を呑んでいる。横には乱れた布団が敷いてあった。

「こちらに、お葉ちゃんがいるって聞いてきたんですけど」

「だれでえ。てめえたちゃ」

「お葉ちゃんの知り合いですけど」

駒助と思われる男は鼻で笑った。

「今さっき、飛び出していったぜ。お芝は夜まで帰（けえ）らねえってえから、ちょいとかわいがってやったのよ。ただで寝泊まりさせてやってるんだから、そのくれえは当たり前（めえ）じゃねえか。手こずらせやがって。女郎だったくせによ」

お染と鉄斎は顔を見合わせ、外に飛び出した。

「まずい。早まったことをしなければいいが。とにかく、お葉さんを捜すんだ」

近くを捜したが、お葉は見つからない。

「川にでも飛び込めば、人目につくはずだ。まだ明るいからな」

「旦那。お葉ちゃんが死ぬって決めつけないでくださいよ」

「しかし……」

鉄斎の胸には悪い予感がよぎっていた。

あたりも暗くなり、途方に暮れたお染と鉄斎は、通りがかりの古びた神社の鳥居を潜った。お染が手を合わせたいと言ったからだ。

「お願いします。お葉ちゃんを助けてあげてください」

祈るお染を眺めていた鉄斎は、本殿の裏手に人の気配を感じて足を早めた。

暗がりの木陰で何かが動いた。目を凝らすと、女が木箱のようなものに乗っているように見える。そして、その女は木箱から飛び降りた。だが、身体は宙に浮いたままだ。

「いかん」

鉄斎は走り寄ると、女の頭より二寸（六センチメートル）ほど上を刀で斬った。何かが切れたらしく、女は地に落ちた。お染が走り込んできて、落ちた女の肩を抱いた。

「お葉ちゃん……。やっぱり、お葉ちゃんじゃないか、しっかりおし。お葉ちゃん……」

お葉は首をおさえて咳き込む。

「お、お染さん。どうしてここに……」

「ここの神様に感謝しなくちゃならないねえ」

三人は近くの安酒場に入った。店の親父が一人だけで、他に客もいない。今の三人にとってはお誂え向きの店だ。

「お葉ちゃん。早まったことをしてくれたねえ」

お葉は俯いたままだ。

「味噌漬の作り方は伝えられたし、私が側にいては清八郎様に迷惑がかかります」

三人の前に熱い酒が置かれた。

「お葉ちゃんも、少し呑んで温まりなさい。身体が冷えたろう」

お染は、お葉の前に置かれた猪口に酒を注いだ。

「あたしたちは手酌で呑らせてもらうよ。清八郎さんが、あんたに言ったんだってねえ。一緒になってくれって」

お葉はまだ俯いたままだ。

「清八郎様の言葉に嘘はないと思います。あたしを幸せにしたいという気持ちも本当だと思います。でもそれは、あたしのことを哀れでかわいそうだと思っているからです。清八郎様は、五年、十年たっても同じ気持ちでいられるでしょうか。あたしは女郎だったんです。何人もの男に玩具にされてきたんです。あの、駒助という男は言いました。女郎あがりのくせに格好つけるなと。何人もの男に抱かれてきたんだから、おれ一人くらい、どうってことはないだろうって。男の人はみんな、あたしをそういう目で見るんです。清八郎様にそんな目で見られるくらいなら、死んだ方がましです」

お染は熱い酒を呑んで、猪口をゆっくりと置いた。

「じつはね、お葉ちゃんに言わなきゃならないことがあるんだよ。やっぱり、旦那から言ってくださいな。あたしにはとても言えません」

鉄斎は、お染の腹が読めずに戸惑う。

「ごめんなさい。あたしが言う約束でしたね。昨夜、清八郎さんが自害したんだよ」

お葉は顔を上げた。

「じ、自害って……」

「腹を切ったんだよ」

これには鉄斎も驚いた。

「お葉ちゃんに余計なことを言って苦しめたって。自分を責めたんだろうねえ」

お葉の顔は蒼白(そうはく)になる。

「せ、清八郎様が……。清八郎様が、し、ん、だ……。い、い、いやぁ～」

お葉は両手を顔にあてて叫んだ。お染は酒を呑んでから――。

「嘘ですよ」

お葉は顔から、ゆっくりと手を離した。

「う、嘘って……」

「だから、嘘だって言ってるでしょ。清八郎さんは生きてる。お葉ちゃんのことが心配で、ご飯も喉を通らないらしいけど。ねえ、お葉ちゃん。どんな気がした。清八郎さんが死んだって聞いて」

お葉はまだ茫然としている。

「どんな気がしたのか言ってごらんなさい」

お染はきつい口調になった。お葉は何も答えられない。鉄斎は、お染の猪口に酒を注ぐ。

「そんな言い方をしなくてもいいと思うがな」

「旦那は黙っててくださいな」

お染の勢いに鉄斎も気圧(けお)される。

「お葉ちゃん。お葉ちゃんが死んだって聞いたら、清八郎さんも同じ気持ちになるんだよ。あんた、清八郎さんのことが好きなんだろ。好きな人に悲しい思いをさせていいのかい」

お葉はお染を見つめた。

「向き合うんだよ。好きな人とは、とことん向き合うんだよ。それが生きるってことなんだよ」

お染はお葉の隣に移って、優しく抱き締めた。

「あんたはさっき死んだんだ。今ここにいるのは生まれ変わったお葉ちゃんなんだよ」

お葉の目から涙が溢れる。

「あたしは生まれ変わることができるでしょうか」

「大丈夫。お葉ちゃんにならできる。清八郎さんを信じて、向き合ってごらん」

お葉は、お染の胸の中で何度も頷いた。

清八郎とお葉は、津軽へ向かう道中をゆっくりと歩く。清八郎は懐を叩いた。

「ここに書状が入っている。殿が勘定奉行(ぶぎょう)の瀬津(せつ)様に宛(あ)てて書かれたものだ。お葉をしかるべき武家の養女に迎え入れてから、尾形家へ嫁(とつ)がせろというものだ。お葉もこれからは武家の嫁として、黒石藩のため、そして殿のため、立派にお役目を果たさねばならん。頼んだぞ」

「はい。心得ております」

清八郎は立ち止まる。

「なあ、お葉。〝はるざれ〟という言葉を知っているか」

お葉も立ち止まる。

「はるざれ……。さあ、知りません」

「〝はるざれ〟というのはな……」

二人の目の前には、春のうららかな景色がどこまでも続いていた。

本所おけら長屋（十五）　その弐

なつぜみ

一

晩春の昼下がり――。

おけら長屋に住むお咲を訪ねてきたのは、遠縁のお喜代だ。北森下町にある長桂寺の門前近くで菓子屋を営む竜泉堂恭七郎の妹で、そろそろ還暦をむかえる。

「あら、お喜代ねえさん。久し振りだねえ。さあさあ、上がってくださいよ」

「近くに住んでると、いつでも会えると思って、かえってご無沙汰をしちゃうもんだね。浅草御門まで用事があったもんだから、ちょっと寄ってみたのさ。お咲ちゃんがいてよかったよ」

お咲が茶を出すと、それを待っていたかのように、お喜代が折詰を差し出した。お咲の表情は緩む。

「もちろん、梅大福でしょうね」

「ああ、そうだよ。お咲ちゃんの大好物だからねえ」

梅大福は竜泉堂で人気の大福だ。白いんげん豆を茹でたものを潰してから、甘味をつけ白餡を作る。この白餡に甘く煮た青梅の梅肉を混ぜて、餅の皮で包んだものだ。お喜代の祖父が考えたもので、お咲のお気に入りだ。

お咲は、すぐに折詰を開いて梅大福に齧りつく。

「この甘さと酸っぱさの兼ね合いが絶妙なんだよねえ」

お喜代は、狭い座敷の中で遠いところを見つめるような目をした。

「甘さと酸っぱさか……」

「お喜代ねえさん、どうしたんだい」

お喜代はそのまま黙っている。

「ねえ、どうしたんだい。ねえさんっ」

お喜代は我に返ったようで、小さな溜息をついた。

「さっき、両国橋の上から川面を眺めてたら、ふと、昔のことを思い出しちゃってねえ」

お喜代はゆっくりと茶を啜った。

「あたしも、こんな歳になっちまってね。棺箱まで持っていこうと思ってたんだけど、だれかに話しておこうかなあ。考えてみれば、お咲ちゃんなんか打ってつけだ。近すぎず、遠すぎずってやつでさ」

お咲は胸の鼓動が速くなったような気がした。お喜代は何を語り出すのだろう。

「昔、好きな男がいたんだよ」

「えっ、お喜代ねえさんに……」

お喜代は、一度も所帯を持ったことがない。両親から縁談を繰り返し勧められたが、なぜか首を縦に振らなかった。

器量も悪くなく、気立てのいい女なので、見初められたことが何度もあったが、頑なに嫁にいかないお喜代のことを、お咲は不思議に思っていた。その理由を尋ねたことはない。

「そう。昔も昔。大昔の話さ。だって、十歳のころの話だから」

お咲は安心したのと、がっかりしたのが半分半分のような気になった。

「なんだ。子供のころの話なのかい。もうちょっと艶っぽい話かと思ったのに」

お喜代は笑った。だが、その笑いの奥には何かが隠れている。お喜代は長い間、胸の中にしまいこんでいたものを、確かめるように話し出した。

長桂寺の門前には、ふたつの菓子屋がある。お喜代の実家、竜泉堂と、柳井堂である。

このふたつの菓子屋は先々代――お喜代の祖父――から犬猿の仲だった。偶然にも、同じような梅大福を作って売り出したところ「柳井堂が真似をした」「竜泉堂が作り方を盗んだ」と大喧嘩になり、しまいには竜泉堂の主人が奉行所に訴え出ると言い出し、門前を二分するような大騒ぎになったが、長桂寺の住職のとりなしで、一応の決着をみた。

住職の手前、矛を収めたものの、お互いに腹の虫は治まらない。すったもんだの末、竜泉堂と柳井堂は孫子の代までいがみ合うようになった。

そのころ、柳井堂には嘉助という次男がいて、歳はお喜代よりもひとつ上だった。お喜代と嘉助は同じ寺小屋に通っていたが、話すことはなかった。

両親から嘉助に近づくことは禁じられていたし、たぶん、嘉助もそうだったに違いない。だが、お喜代は嘉助のことが気になっていた。

嘉助は物静かな少年だった。ガキ大将でもなく、苛められっ子でもない、徒党を組まぬ子供だった。

一度、ガキ大将が嘉助に喧嘩を売ったことがあった。嘉助は相手にしなかったが、ガキ大将は嘉助に殴りかかる。だが、嘉助はガキ大将をいとも簡単に組み伏せてしまった。

このことにより、嘉助は寺小屋の子供たちから一目置かれるようになるが、その物静かな様子に変わりはなかった。

お喜代は、そのガキ大将に苛められるようになった。まわりの者たちが言うには、ガキ大将は、お喜代のことが好きらしく、ちょっかいを出したかったのだろう。髪の毛を引っ張られたり、教書に落書きをされたり、からかわれては泣かされた。

そんなとき、お喜代は嘉助を横目で見る。嘉助はいつも黙って本を読んでいるだけだった。犬猿の仲、商売敵である柳井堂の子供に助けを求めることはできない。だが……。

あるとき、お喜代はガキ大将たち数人に取り囲まれて、顔に墨を塗られそうになった。

「ほら、化粧をしてやるって言ってんだぞ。嫌がることはねえだろ。お喜代を後ろからおさえつけろ」

お喜代が泣き叫んでいると、そこに割り込んできたのが嘉助だった。

「やめろ」

嘉助が口にしたのは、その言葉だけだった。ガキ大将は仲間の手前もあって、引き下がるわけにはいかない。

「嘉助。もしかして、お前、お喜代のことが好きなのか」

嘉助は黙っている。

「やっぱり、そうなんだ。嘉助はお喜代のことが好きなんだ。嘉助は～、お喜代のことが好きなんだ～」

ガキ大将が歌いながら、嘉助とお喜代の前で踊り出すと、仲間もそれに釣られて歌いながら踊り出す。嘉助は怒るでもなく、顔を赤くするでもなく平然として――。

「そうだ。おいらはお喜代が好きだ。お喜代を苛める奴は、おいらが許さない」

嘉助はお喜代の手を取って、お喜代を連れ出した。ガキ大将たちは動きが止まり、両手を上げたまま、狐につままれたような表情をしていた。

嘉助は自分の席の近くまで、お喜代の手を引いてくると、その後は机に向かって、いつものように本を読み始めた。

「あ、ありがとう。助けてくれて……」

嘉助は小さく頷いたようにも見えたが、何も言わずに本を読み続けていた。

その夜、お喜代は嘉助のことを考えて眠ることができなかった。あれは、嘉助の本当の気持ちだったのだろうか。それとも、苛めを許せぬがための言葉だったのだろうか。

ただ、ひとつだけはっきりしたことがある。嘉助に淡い恋心を抱いてしまったことである。

お喜代が十歳になった夏――。

五月二十八日の夜は、両国は川開きの花火で賑わう。まだ、陽が沈む前だというのに、回向院の門前から両国橋にかけては、まともに歩けないほど人々が押し寄せている。江戸っ子たちが待ちわびる夏の風物詩だ。

花柄の浴衣を誂えてもらったお喜代は、母親に手を引かれて両国橋へと向かった。あまりの人の多さに、どこが両国橋かもわからない。人の波が盛り上がっているところが橋の真ん中なのだろう。

そこに辿り着いたお喜代は、橋の上から大川（隅田川）を眺めた。

「すごい。船がいっぱいだよ」

眼下には、屋形船や猪牙船、その船に西瓜や酒などを売る小船がひしめき合っていた。飾りつけをした派手な屋形船からは、三味線の音などが聞こえてくる。

「本当だね。箱崎町の方まで船だらけで、川なんてまるで見えないじゃないか」

大川の両岸も人で埋め尽くされている。陽が落ちかけて暗くなってくると、屋形船の灯りや、小船の先で揺れている行灯が、まるで精霊流しのように見えて美しい。

お喜代と母親が両国橋を渡って、両国広小路に出たころにはすっかり暗くなっており、人々は空を見上げている。そろそろ花火が打ち上がる刻限だからだ。そして、花火玉の光が夜空に直線を描くと、大きな音がして大輪が開く。見物人たちはそれに合わせて歓声をあげる。

お喜代は背伸びをして、前の人の肩越しに花火を見物した。

騒ぎが起こったのは、それから四半刻（三十分）もしないときだった。

花火玉が風に流されたのか、花火師が打ち上げ損じたのかはわからない。お喜代がいる十間（約十八メートル）ほど先、柳橋の間近で花火玉が破裂した。身動きできない見物人たちは大混乱に陥った。

お喜代と母親がいたのは、両国橋の西詰、両国広小路に入ったところで、浅草御門の方に逃げる者、川下の元柳橋の方に逃げる者、そして両国橋を渡ろうとする者が交錯して修羅場と化した。人波に裂かれるようにして、お喜代と母親の手は離れた。

「お、おっかさん」

母親の姿が消えた。お喜代は人波に流されるしかなかった。自分がどちらに向かっているのかもわからない。右足の下駄がなくなっていることに気づいたのは、しばらくしてからだ。

お喜代にできることは転ばないようにすることだけだった。転んだら踏み潰されて死ぬ。そう思ったからだ。近くの人の帯にしがみつき、倒れないようにする。泣き叫ぶことすらできなかった。

流されていく先に、大きな柳の木があり、お喜代は、その柳の木陰に隠れた。怒号や叫び声が飛び交い、倒れた年寄りは踏みつけられたまま動かなくなっている。

お喜代は全身が震えて、足がすくんだ。そのとき、だれかがお喜代の手を握った。

「ここは危ない。こっちに来るんだ」

それは、嘉助だった。

「こんなところにいたら、死んじまうよ。おいらの手を離すんじゃないぞ」

人波に揉まれて、手が千切れそうになっても、お喜代は嘉助の手を離さなかった。嘉助はお喜代を商家の脇の路地へと引き込んだ。

「大丈夫かい」

「嘉助さん……」

「やっぱりお喜代ちゃんだったんだ」

安心したお喜代の目には、涙がこみ上げてくる。

「怖（こわ）かった。怖かったよう」

お喜代は嘉助に抱きついて泣いた。嘉助はそんなお喜代を優しく抱き締めた。嘉助の胸からは若葉のような匂（にお）いがする。お喜代は泣きやんでも、嘉助から離れようとしなかった。

お喜代は自分の心が、恐怖よりも、嘉助とずっとこうしていたいという思いに傾いていることに気づいていた。どれほどの時間（とき）をそうしていただろうか。

「お喜代ちゃんは、だれと来たの」

「おっかさん……。そ、そうだ。おっかさん、おっかさんは……」

お喜代は嘉助の胸から離れた。

「今、通りに出たら危ないよ。もっと、人が少なくなってからだ」

「嘉助さんは、だれと来たの」

「一人で花火を観に来たんだ」

嘉助らしい答えだった。近くに木箱があったので、二人は並んで腰を下ろした。

「はじめてだね。こうしてお喜代ちゃんと話をするのは」

「仕方ないよ。柳井堂の人とは話しちゃいけないって言われてるから」

「おいらも同じさ。でも、お喜代ちゃんと話ができてよかった……」

お喜代は嘉助の顔を見た。

「どういうこと？」

「来月から牛込御納戸町ってところに行って、煙管職人に弟子入りするんだ」

嘉助は次男だから、もう奉公に出なくてはいけない歳だ。

「お店者になるのは嫌だったんだ。物を作るのが好きだから職人の方がいい。もう柳井堂の敷居は跨がないと決めて、弟子になるつもりだ」

膨らんでいたお喜代の胸から、熱気が抜けていくような気がした。

子供の名を叫びながら捜している人や、怪我人の手当てをしている人はいるものの、通りの混乱は収まったようだ。

二人は手を握り合って両国橋の方に歩いた。お喜代は汗ばむ手を何度も握り直した。片方の下駄をなくして歩きにくかったからだけではない。橋の真ん中に差しかかったとき、お喜代は足を止めた。

「嘉助さん。もう会えないのかな」

嘉助は黙っている。お喜代は大きく息を吸って、胸に手をあてた。

「知りたいことがあるの。あたしのこと、好きだって言ってくれたのは、本当のことなの？　それとも、助けるため？」

その答えが、お喜代の人生を決めてしまうことになるとは——。

「おいらは、お喜代ちゃんのことがずっと好きだった。今でも好きだ。でも仕方がないんだ。だから、おいらは弟子入りしたら、もう家には戻らない。戻らないんだ」

嘉助は、お喜代の手を強く握った。

両国橋の東詰の方から「お喜代〜、お喜代〜」という声が聞こえる。

「お喜代ちゃんのおっかさんだ。いいかい。おいらのことは言っちゃいけないよ」

嘉助は手を振り解くと、両国広小路の方に走っていく。お喜代は大声で叫んだ。

「あたしも嘉助さんのことが好き」

嘉助は立ち止まって振り向くと、大きく頷いて走り去った。お喜代の目には涙が溢れてきた。両手で顔を覆い泣きじゃくる。

「お、お前さん。お喜代ですよ」

「お喜代。無事だったのかい。そんなに怖い思いをしたのかい。もう大丈夫だ」

お喜代は両親から両肩を抱かれるようにして家路についた。

二

松井町にある酒場三祐――。

お咲から話を聞いているのは、お染、万造、松吉である。お染はこの話に惹かれたようだ。

「それじゃ、何かい。そのお喜代さんは、まだ十歳だったころの出来事が忘れられずに、独り身を通してきたっていうのかい」

「はっきり言ったわけじゃないけど、あたしにはそう伝わったよ」

お染は呑みかけの猪口を元に戻した。

「なんだか切ないねえ。胸が締め付けられるようだよ……。ちょいと、万松のお二人さん。お咲さんの話を聞いてただろ。こんなに切ない話を聞いて、よくもまあ、そんなに酒ばかり呑んでいられるね」

万造は面倒臭そうに猪口を置いた。

「その、お喜代さんって女は、もうすぐ還暦の婆なんだろ。そんな昔の話なんざ、屁とも思っちゃいねえよ。ちょいとした戯言だろ。なあ、松ちゃん」

「ああ。おれに言わせれりゃ、こじつけってやつだな」

「なんだい、そのこじつけっていうのは」

「だからよ、その歳まで独り身だってえのは世間体が悪いじゃねえか。だから、そんな話を騙ってんじゃねえのか。とどのつまりは器量が悪くて、嫁にいけなかったってだけの話じゃねえのかよ……。い、痛え」

だれかが松吉の頭をお盆で叩いた。

「な、何をするんでえ」

松吉が振り返ると、仁王立ちをしているのはお栄だ。

「あんたたちは女心ってもんが、まるでわかっちゃいないんだから。あたしにはわかるなあ。何十年も前に好きだった男のことを思い続けて、お嫁にもいかなかったなんて」

お栄はうっとりしている。

「ねえねえ、お咲さん。その二人は両国橋で別れてから、一度も会ってないの？」

他に客がいないのをいいことに、お栄はお咲の隣に座り込んだ。

「そう言ってたねえ」

「それじゃ、思い出すわけだよね、両国橋を渡ったら」

お染も身を乗り出す。

「あのときここで、あたしと嘉助さんが手を握り合っていたんだ……。なんてね」

お栄がひとり芝居を始める。

「お喜代ちゃん、おいら、お喜代ちゃんのことが好きだ」

「あたしも嘉助さんのことが好き」

「きゃぁ～」

女三人は同時に黄色い声を上げる。万造と松吉は小声で――。

「女ってえのはどうしようもねえなあ」

「まったくだぜ。十五、六の小娘でもあるめえし。付き合ってられねえや」

そんな声は女三人の耳には届かない。お染は、猪口を置いた。

「その、嘉助さんて人はどうしてるんだろうね。もしかして、その人もずっとお喜代さんのことを思ってたりしてね」

お栄のひとり芝居がまた始まった。

「お喜代、おめえのことを忘れた日は一日たりともなかったぜ」

「嘉助さん、あたしだって。……抱いて」

「きゃぁ～」

また女三人は黄色い声を上げる。

「ああ、なんだかドキドキしてきた」

「二人をつなぐ五十年の思いか……」

「あたしゃ、小便ちびりそうだよ。ただでさえ緩くなってきてるんだから」

お染はさらに身を乗り出す。

「でもさ、もし、二人が今でも思い合っているとしたら……」

お咲も盛り上がる。

「お染さん。何だか、あたしもそんな気がしてきたよ」

万造と松吉は小声で――。

「猿芝居(さるしべえ)でもあるめえし、そんなことがあるわけねえだろ。六十の爺(じじい)だ。今ごろは、くたばってるか、孫が五、六人いらあ」

「挙句(あげく)の果てに、いい歳こいて吉原(なか)通いなんつってな。お喜代さんのことなんざ、小指の先ほども覚えてるわけがねえ」

お栄はお盆を抱きしめている。

「お咲さん。その嘉助さんて人が弟子入りしたっていう場所はわかってるんですか」

「ああ。確か、牛込御納戸町って言ってたね」

お染は少し考えてから――。

「牛込っていったら、四谷の手前、お旗本のお屋敷が多いところだろ」

「でも、町家もあるそうだよ」

お栄は悪戯っ子のような表情をして――。

「捜してみたくなっちゃったなあ。その、嘉助さんて人を」

「嘉助さんだって、お喜代さんに会いたいと思ってるかもしれないしね」

女三人はゆっくりと顔を動かして、万造と松吉を見た。

「な、な、なんでえ。そんな目をしてよ。おれたちにゃ関わりのねえ話だろ。なあ、松ちゃん」

「ま、まさか、おれたちに、その嘉助とかいう爺さんを捜せってんじゃねえだろうな。冗談じゃねえ。それほど暇じゃねえや」

お染は万造と松吉に酒を注ぐ。

「万造さんに松吉さん。あんたたちのお店で使ってる升だけどねえ、音羽町にある升宏さんの品だろ。音羽町っていえば牛込のちょいと先じゃないか。升宏さんに用事を作ってさ、その帰りに牛込あたりを捜してみりゃいいじゃないか」

お咲は頷く。

「そりゃ、いい案だねえ。仕事もできるし一石二鳥じゃないか」

万造は呆(あき)れ返る。

「冗談じゃねえや。勝手に決めやがって」

お染はニヤリとする。

「万造さん。あれは一昨日(おとつい)の六(む)ツ半（午後七時）ごろだったかねえ。あたしんところに来て『ちょいとばつが悪い借金取りが来ちまってよ。すまねえが一朱(しゅ)ほど用立てちゃもらえねえか。明日には必ず返(けえ)すからよ』って。一昨日の明日っていうのは昨日のことだろ。あたしのところに一朱は戻ってきてないみたいだけどねえ」

万造はとぼけた表情(かお)をする。

「ちょいと待ってくれよ。えーと……。一昨日の明日ってことは、明後日(あさって)からすると昨日の前日の翌日だから、つまり、今年の大晦日(おおみそか)ってことじゃねえのかなあ……」

「馬鹿(ばか)なことを言ってるんじゃないよ」

お栄は帯の間から紙を取り出して松吉を睨む。

「松吉さん。うちのツケだけど、えーと……。昨日が七十文。一昨日が八十文、その前が七十五文、その前の日が……」

お咲は呆れる。

「なんだい。ぜんぜん払ってないのかい。しょうがないねえ」

「半分は万ちゃんじゃねえのかよ。お、おい。寝たふりしてんじゃねえよ」

松吉は万造の頭を叩く。万造は目を覚ますと両手を伸ばして大きな欠伸をする。

「あ〜あ。よく寝た。さて、そろそろ帰るとするか」

お咲、お染、お栄の三人は冷たい目で万松の二人を見つめる。

「わ、わかったよ。捜しゃいいんだろう、その嘉助って爺さんをよ。そのかわり、借りた一朱はチャラにしてもらうぜ」

「それは、見つけ出してからの話だよ」

お染は冷たく言い放つ。

「お、おれも、呑み代はチャラにしてもらうからな」

お栄も冷たく言い放つ。

「嘉助さん見つけたら、ツケは半分にしてあげるからね」

松吉はずっこけた。

「言っとくけど、嘉助さんのことを柳井堂の人に訊(き)くのはご法度(はっと)だよ。お喜代さんの竜泉堂とは犬猿の仲なんだからね。万が一ってことがあるからね」

万松の二人は大きな溜息をついた。


万造と松吉が、お咲とお染を三祐に呼んだのは半月後のことだった。

「嘉助さんが見つかったのかい」

腰を下ろすなり、お咲が問い詰める。

「どうなんだい」

お染もせっつく。

万造は余裕の表情(かお)を見せる。

「まず、酒を頼んでもらおうじゃねえか。一本、二本なんぞとセコいことは言わねえでくれよ」

お栄はお染に尋ねる。

「どうします、お染さん。あたしは話を聞いてからの方がいいと思うけどなあ」

「それじゃ、とりあえず、お酒を注いだお猪口をふたつ持ってきてちょうだい」

「ふざけるねえ。神棚のお供えじゃねえや」

万松の前に徳利が二本置かれた。

「あとは話を聞いてからだよ」

お染は万造と松吉に酒を注いだ。二人はその酒を呑みほす。

「苦労したぜ。なにせ手掛かりは五十年も前の、たわいもねえ話だけなんだからよ。なあ、松ちゃん」

「まずは嘉助という名前。歳はお喜代さんよりひとつ上ってことで五十八。煙管の職人で、長桂寺の門前の菓子屋の倅ってことだったよな」

「いたのかい」

お咲は身を乗り出した。

「ああ。見つけたよ」

松吉が空の徳利を持ち上げると、お栄が新しい徳利を持ってくる。

「煙管の職人なんざ、そういるもんじゃねえ。石切橋の近く、牛込水道町に煙管職人で嘉助って爺さんがいる。歳は五十七、八ってこった。煙管にはよ、雁首と吸い口を造る錺職人と、それをつなぐ羅宇を造る職人がいる。その嘉助は竹から羅宇を造る職人だそうだ。生まれは、長桂寺の近くの菓子屋ってことも確かめたぜ」

お咲とお染は顔を見合わせた。

「間違いないね」

「それで、その嘉助さんはどんな暮らしをしてるんだい。おかみさんがいるとか、子供が何人いるとかさ」

万松の二人は黙った。お染は何かを感じたようだ。

「わけありなのかい」

万造は松吉を肘で突く。お前が話せということなのだろう。

「嘉助には女房がいたそうだが、何年か前に先立たれて、今は一人暮らしだ。子供はいねえ……」

「なんだか、まだ先がありそうだねえ。松吉さん、この話はだれから聞き込んできたんだい。嘉助さん本人には会ってはいないのかい」

松吉は酒をあおった。

「牛込界隈で、六十くれえの煙管職人って聞き込んだら、すぐに当たったのが、この嘉助だ。牛込水道町の石切長屋に住んでるってえから、行ってみたのよ。そこで、長屋の連中に嘉助のことを訊いたんでえ。歳とか、菓子屋のこととかよ。だが、嘉助本人に話を聞くことはできねえ」

「どうしてだい」

「嘉助は心の臓と胃の腑を病んでて、寝たきりだ。隣に住んでる婆が言うには、もう長くはねえそうだ。長屋の住人たちが面倒をみてるってこった」

お咲は驚きを隠せない。

「長くはないって、どれくらいなんだよ」

「その婆が言うには、いつ死んじまってもおかしくねえそうだ」

お栄は盆を抱えたまましゃがみ込む。

「どうすんのよ。嘉助さんの息のあるうちに、お喜代さんに会わせてあげないと

「……」

お咲はうろたえる。

「でも、お喜代ねえさんは会いたいって言うかねえ」

お染は万造の猪口を奪って、酒を呑んだ。

「そんな悠長なことを言ってる場合じゃないよ。時間がないんだ。お咲さん。お喜代さんを言い含めておくれよ。後悔したって知らないからって」

万造と松吉は、自分たちには関わりのない話になったと思い、安心して酒を呑み始めている。

「ちょっと、あんたたち」

お染の大声に、万松の二人は猪口の酒を溢した。

「もし、お喜代さんが、嘉助さんに会いたいと言ったら、明日、案内してちょうだい。いいわね」

「ちょっと待ってくれよ。おれたちの役目は終わったんじゃねえのかよ」

「そうだぜ。こちとら仕事だってあるんだからよ。無理を言うねえ」

お染は引き下がらない。

「なに言ってんだい。仕事が聞いて呆れるよ。こんなときにだけ、奉公人面(ほうこうにんづら)するんじゃないよ」

お栄が大笑いする。

「あははは。お二人さん、こうなったら仕方ないね」

万造と松吉は肩を落とした。


お咲は、竜泉堂に駆け込んだ。

「お喜代ねえさんはいるかい」

店番をしていた小女(こおんな)は、お咲の大きな声に驚いている。お喜代が声を聞きつけて、顔を出す。

「お咲ちゃん。どうしたんだい、珍しいねえ。こないだはありがとう……」

「見つかったんだよ。でも大変なんだよ」

「見つかったって、……大変ってなんなんだい」

お咲は、お喜代を店から路地裏に連れ出すと、あたりを見回してから小声で
——。

「何がって、嘉助さんだよ。見つかったんだよ」

「嘉助さん……。見つかったって、どうして嘉助さんが見つかったの」

お咲は慌てているが、お喜代も慌てている。

「どうしてって、ねえさんにあんな話を聞かされたら、嘉助さんがどうしてるか知りたくなるじゃないか。だから、おけら長屋の馬鹿二人に頼んで捜してもらったんだよ」

「さ、捜してくれたのかい」

お喜代の声は震えている。お咲は、ごくりと唾を呑みこむと、低い声で話し出す。

「落ち着いて聞いておくれよ。牛込水道町の石切長屋に嘉助って名の煙管職人が住んでいる。長桂寺の近くの菓子屋の倅ってことだから、間違いないさ。時間がないから、はっきり言うよ。嘉助さんは病を患っていて、もう長くはないそうだ」

「そんな……。嘉助さんが……」

「ねえ、ねえさん。明日、嘉助さんのところに行こうよ。生きているうちにひと目だけでも、会っておいたほうが……。ねっ、そうしなよ。あたしもついていってあげるからさ」

突然の話で、お喜代は取り乱しているようだ。

「でも、会いに行くって、あたしは、何て言えばいいの……」

「嘉助さんは、何年も前におかみさんを亡くして一人暮らしだそうだ。だから、だれにはばかることもないんだよ。もし、長屋の人たちがいたら、幼馴染みだとか、むかし世話になったとか、何とでも言えるじゃないか。そんなことは、あたしたちに任せておきなよ。おけら長屋が請け負ったからには、悪いようにはしないからさ」

お喜代は悩んでいるようだ。

「あたしたちはね、ねえさんに後悔するようなことだけは、してほしくないんだよ。明日、迎えに来るからね。いいね。覚悟を決めるんだよ、お喜代ねえさん」

お喜代は頷いた。

三

翌日、お喜代と一緒に牛込水道町の石切長屋へと向かったのは、お咲、お染、万造、松吉の四人だ。一行は両国橋を渡り、浅草御門から神田川沿いを西に進む。新シ橋、和泉橋、筋違橋、昌平橋を越えて、湯島聖堂を右手に見ながら小石川御門前の橋を渡って、船河原橋の手前を右に折れて川沿いを歩き、石切橋を渡れば、そこが牛込水道町だ。

「その角を右に曲がったところが、石切長屋でえ」

お喜代は胸に手をあてた。松吉が先頭を歩いて角を曲がると、路地を歩いてきた老婆と出くわす。

「あ、あんた。この前、よっさんのことをあれこれ訊いてた人じゃねえか」

「その節は世話になったな。今日はよ、嘉助さんと少しばかり関わりのある人を連れてきたんでえ。嘉助さんの家は、確かそこだったよな。床で横になってても構わねえんだ。ちょいと話をさせてもらいてえんで」

老婆は唇を嚙んだ。

「そうかい……。時間を昨日に戻せりゃいいんだけどよ。よっさんは、昨日の夜、死んじまったよ。今、長屋の連中で通夜の支度をしてるところさ。通夜っていえば陽が暮れてからだけどよ、坊主の都合で真昼間にやっちまおうってことになってさ」

一同は声を失った。

「し、死んじまったって。そりゃ、つまり、ひらたく言うと、もうこの世にはいねえってことかよ」

「そういうこった。まあ、せっかく来たんだ。仏の顔を拝んでいっておくれよ。ちょうど、供養の酒を用意するところだからよ」

老婆が引き戸を開けて、五人を迎え入れる。中からは線香の煙が漂ってきた。

「さあさあ、上がっておくれよ」

布団に寝かされている人の顔には、白い布がかけられていた。お咲は、お喜代の背中を押す。

「お喜代ねえさん。こんなことになって残念だけど、お別れをしてあげないと」

お喜代は布団の横に置かれた粗末な祭壇の前に座り、線香を立てて手を合わせた。

「嘉助さん……」

四人は後に続いた。お染はお咲の背中に隠れるようにして、一朱金を紙に包む。

「あ、あの、嘉助さんが亡くなったとは知らず、こんな無粋な形で申し訳ありませんが、供養の足しにしてください」

お染はその紙包みを老婆の前に置く。老婆はその紙包みを受け取ると、嘉助が眠っている枕元に置いた。

「あんたたちは、よっさんとはどんな関わりがあるんだい」

老婆と面識があるのは松吉だ。

「こちらのお喜代さんが、嘉助さんとは幼馴染みなんで」

「ほお。それじゃ、あんたの出も……」

お喜代は力なく頷く。

「はい。本所です」

「そうかい。長いこと会ってなかったみてえだな」

松吉が代わりに答える。

「そうなんで。長え(なげ)こと無沙汰をしてたらしいが、嘉助さんが牛込あたりにいるって聞いたもんで、それで、あっしが捜しに来たようなわけでして」

長屋の女が酒を運んできた。

「通夜っていっても、貧乏長屋のことだ。これくらいしかできねえ。お浄(きよ)めだから、口をつけていってくんなよ」

長屋の女が、茶碗に酒を注いで回る。さすがの万松も酒を呑む気にはなれないようだ。五人とも口をつけるだけで、茶碗を置いた。

「あんた、幼馴染みなんだろ。こっちに来て顔を見てやってくんなよ」

お喜代は枕元に近寄った。老婆は白い布を外(はず)した。

「長患(ながわずら)いで、すっかり顔が変わっちまったろうねえ。昔はふくよかな顔をしている人だったけどよ」

お喜代はじっと嘉助の死に顔を見つめていた。そのお喜代の顔がゆっくりと斜めに動いた。首を傾(かし)げたといった方がわかりやすいのだが。

「嘉助さん……？」

お喜代は線香の横に置かれている位牌に目をやった。

「この二軒先に、願人坊主が住んでいてね。今朝、書いてもらったんだよ」

そこには〝良輔〟と書かれていた。お喜代は老婆に尋ねる。

「〝よしすけ〟というのは、この字を書くんですか」

「さあ、名前なんて書いたことがねえからなあ」

お染はお喜代の耳元で囁く。

「お喜代さん。字が違うんですか」

「ええ。〝よしすけ〟っていうのは、この字じゃないんですよ」

万造は苦笑いを浮かべながら――。

「願人坊主って言ってたからな。てめえの知ってる字を勝手に書いちまったんだろうよ」

しばらくモヤモヤしていた五人だが、口火を切ったのはお染だ。

「この嘉助さんは、長桂寺の門前にある菓子屋さんの倅さんなんですよね」

「ああ。本人はそう言ってたな」

お染は小声で呟く。

「やっぱり、間違いないみたいだね」

お喜代は、嘉助の顔を眺めながら、頬に伝う涙を拭った。

「嘉助さん。五十年ぶりだねえ。あたしもすっかりお婆さんになってしまいましたよ。でも、どんなに見てくれが変わったって、両国橋のことは忘れていませんよ。あたしは両国橋を渡るたびに、嘉助さんのことを思い出してました……」

お咲とお染も涙を拭った。万造と松吉も付き合わなければいけないと思い、目頭をおさえる。お喜代は老婆に尋ねる。

「嘉助さんは、実家の菓子屋には一度も戻らなかったんでしょうか」

「いや、年に一度は帰ってたみてえだな」

それを知らなかったお喜代は驚く。嘉助の噂は聞いたことがなかったし、柳井堂は目と鼻の先だから、一度や二度は出くわしたっておかしくないはずだ。

「まあ、中山道を歩くとなりゃ、ちょいとした旅だけどな」

「な、中山道……」

一同は同じ言葉を口走った。五人の胸には霧が立ち込めだした。だが、恐ろしくてだれも尋ねることができない。みんなの目が松吉に向けられる。

「な、な、中山道とおっしゃいますと……、嘉助さんは、どちらに……」

「本庄だよ。あんたたちも本庄から来たんじゃねえのか。それにしちゃ、ずいぶんと身軽な出で立ちだね」

「ほ、ほ、〝ほんじょう〟とおっしゃいますと、中山道の宿場町の本庄でございましょうか」

「あんたには、この前も話したじゃねえか」

「本庄……。こっちは、本所……」

松吉は、お喜代、お咲、お染、万造の顔を順番に見る。四人とも埴輪のような表情をしている。

「あの……。嘉助さんは長桂寺の門前にある菓子屋の倅さんだと……」

「ああ、そうだよ。本庄の長建寺近くにある菓子屋だ」

「ちょうけんじ……。こっちは、ちょうけいじ……」

松吉は、お喜代、お咲、お染、万造の顔を順番に見る。四人とも埴輪のような表情をしたままだ。引き戸が開き、入ってきたのは坊主だ。

「道雲さんかい。ちょうどよかった。お経をあげてもらうのに、あたしたちだけじゃ格好がつかねえと思ってたんだよ。さあさあ、こっちに上がっておくれ。この人が、さっき話した願人坊主だ」

「わははは。陰で願人坊主と呼ばれてることは知っておったが、目の前で言われると、かえって気持ちがいいものですな」

坊主は位牌の前に座ると「ゴーン」と口走った。

「な、なんでえ、今のは」

「さあ、お経を読むときの鐘がねえから、口でやったんじゃねえのか」

お染は小声で囁く。

「そ、そんなことより、香典を取り返しておくれよ。一朱も包んじまったじゃないか」

「だってよ、仏さんの枕元じゃ、手を伸ばせねえよ」

「松吉さん。あんたのせいだからね。一朱は返してもらうよ」

坊主は背を向けて経を読み、老婆と酒を持ってきた女は目を瞑っている。松吉から合図を送られた万造は、ゆっくりと這いつくばるようにして、仏の枕元に近づく。

一朱を包んだ紙は、仏の顔の向こう側に置いてある。万造の手は、白い布を被せてある仏の顔を越えようとしていた。あと、三寸（約九センチメートル）で紙包みに手が届く。そのとき、坊主が――。

「ゴーン」

長屋の女二人は目を開いた。万造は右手で仏の顔をつかんでしまった。

「わ、わあ～」

「な、何をしてるんだい」

「い、いや、足が痺れちまってよ。立ち上がろうとしたら、よろけちまって。申し訳ねえ」

本当に足が痺れていた万造は、元の位置に戻ろうとしたが、右手で白い布を握って取り外してしまう。さらに、つんのめって、仏の唇に、自分の唇を重ねてしまった。

「うげ～。ぺっ、ぺっ。た、助けてくれ～」

「あんた、本当に何をやってるんだい」

「すいませんねえ。この野郎は、ちょいと頭が弱いもんで」

松吉は万造の半纏を引っ張って、元の位置に戻した。

読経が終わった。坊主が振り向いて座り直すと、老婆が紙包みに手を伸ばす。

「ああっ」

「何だい。あんたたちは。一斉に大きな声を出して」

「い、いえ。なんでもありません」

老婆は坊主に紙包みを差し出した。

「道雲さん。あんたは運がいいよ。お布施なんざ払える身分じゃねえから、踏み倒そうと思ってたんだがよ、この人たちが持ってきた香典を回してやるよ」

坊主は手を合わせると、その紙包みを懐にしまう。

「ああっ」

「どうしたんだい、あんたたちは……」

松吉は頭を下げる。

「ああっ、ああっりがとうございやした」

老婆も頭を下げた。

「こちらこそ、ありがとうよ。本庄に知らせたところで、ここに来るには四、五日はかかる。寂しい通夜になると思ってたが、あんたたちのおかげで格好がついた。香典までもらってよ。よっさんも喜んでいるだろう」

五人は、うなだれて表に出る。弔問客としては抜群の形だ。松吉は責められる前に先手を打つ。

「おれが悪いんじゃねえよな。なっ、なっ。あれじゃ、だれだって間違えらあ。なんせ話ができすぎてる。そう思うだろ。なっ。おう、万ちゃん、何とか言ってくれよ」

だれも言葉を発しないで歩いていく。

「ちょっと待ってください」

一同が足を止めて振り返る。そこに立っていたのは、酒を出してくれた女だ。

「あのう……。煙管の雁首と吸い口を造る職人で、嘉助さんという人がいるんです。もしかしたら、その嘉助さんと間違えたんじゃないですか」

お咲がその女に駆け寄る。

「他にも煙管の職人で嘉助さんって人がいるのかい」

「ええ。うちの夫の職人仲間で、嘉助さんって人が牛込弁天町の弁天長屋に住んでます」

「歳はいくつだい」

「うちの夫の丁度ひと回り上って言ってたから、五十七、八だと思います。さっき、いろいろ話してたでしょう。お蓑婆さんは耳が遠いけど、私には筒抜けでしたから。嘉助さんは、本所だか深川だかの出だって聞いたことがあります」

「それで、おかみさんはいるのかい」

「いいえ。独り者です。所帯を持ったことはないみたいですね。よかったら、弁天長屋まで案内しましょうか。歩いてすぐのところですから」

お染はお喜代の背中を叩く。

「捨てる神あれば拾う神あり、ってやつじゃないですか」

「ですが……」

女は言葉を濁した。

「どうしたんですか」

「嘉助さんですが、胸を悪くしてるようです。この前も、うちの夫が見舞いに行ったばかりで……」

万造が顔をしかめる。

「またかよ……。今度も、行ったら死んじまってたなんて……」

「馬鹿野郎。縁起でもねえことを言うねえ。こうなったら、駄目元じゃねえか。すまねえが、そこまで案内してくれるかい」

五人は女について弁天長屋へと向かった。

女は長屋の路地の奥で立ち止まる。

「ここです」

お染はお喜代に向かって――。

「二度も外れたんじゃ洒落にならないから、あたしが確かめてきます。ここで待っててください」

お染は案内してくれた女と家の中に入っていった。お染が出てくるまで、言葉を発する者はいなかった。ほんの少しの間だったはずだが、それはとても長く感じられる時間だった。お染は再び、お喜代の前に立った。

「間違いありません。嘉助さんですよ。お喜代さんのこともちゃんと覚えてましたから。そこの済松寺(さいしょうじ)の前に茶店があったでしょう。あたしたちはそこで待ってます」

お喜代は大きく頷くと、引き戸を開けて中に入っていった。

四

お喜代は柳井堂を訪ねた。出てきたのは主(あるじ)の庄吉(しょうきち)で、嘉助の兄である。お喜代の顔を見た庄吉は、不審げな表情(かお)になった。

「何か御用ですか」

「嘉助さんのことで話があって参りました」

嘉助の名を聞いた庄吉は驚きを隠せない。

「嘉助の……。と、とりあえず、中に入ってください」

お喜代は店の奥の座敷に通された。お喜代の前に座ったのは庄吉と女房のお舟(ふね)だ。

「嘉助さんは、牛込弁天町の長屋で一人暮らしをされています。胸を病んで、寝たり起きたりの暮らしですが……」

「ど、どうしてあなたがそんなことを知ってるんですか」

お喜代は少し頭を下げた。

「少しの間ですから、あたしの話を聞いてください」

庄吉とお舟は顔を見合わせた。

「あたしと嘉助さんは寺小屋で一緒でした。あたしがガキ大将たちに苛められていると、助けてくれたのが嘉助さんです。あたしは嘉助さんのことが好きでしたが、話しかけたことはありませんでした。竜泉堂と柳井堂が不仲だったことは子供心によくわかっていたし、おとっつぁんにも、柳井堂の子とは口をきくなと言われてましたから。あれは、あたしが十歳になったときの川開きの夜でした。ほら、見物人の中で花火玉が破裂して、死んだ人や怪我人がたくさん出たときのことです」

お喜代は、川開きで起こったことなどを、ありのままに話した。

「十一歳の嘉助さんと、十歳のあたしの淡い恋心の話です。だれにでもある、甘くて酸っぱい思い出です。でも、あたしは思い出にすることができなかった。両国橋の上で、あたしのことが好きだと言ってくれた嘉助さんのことを……。あたしは嫁にもいかず、気がついたらこんな歳になってしまいました」

庄吉とお舟にとっては、もちろんはじめて聞く話だ。

「先日、両国橋を渡っていたら、嘉助さんのことを思い出してしまいまして。いや、忘れたことなどなかったのですが。このまま、嘉助さんに会うこともなく年老いて死んでいくのかなと思うと、なんだか悲しくて、切なくて……。そのことを、遠縁のお咲さんという人に話したら、嘉助さんのことを捜してくれたんです。会わないと後悔するからって」

庄吉は、お喜代の話を正面から受け止めてくれたようだ。

「そうですか……。嘉助とお喜代さんとの間には、そんなことがあったんですか。それで、嘉助もあなたと同じ気持ちだったのでしょうか」

お喜代は少しはにかんで――。

「ええ。あたしにはそう言ってくれました。でも、嘉助さんの本心かどうかはわかりません。あたしのことを思って、そう言ってくれたのかもしれません。嘉助さんは、そういう人でしたから」

庄吉の目から涙が溢れ出した。そして、庄吉は号泣する。庄吉が落ち着くには、しばらくの時間がかかった。

「このお舟は、嘉助の顔を知らないんです。嘉助に会ったことがないんです。嘉助はこの家を出てから一度も帰ってきませんでした。私は二度、嘉助に会いに行ったことがあります。最後に会ったのは、二十五年も前のことです。もう、柳井堂とは関わりを持ちたくないようでした。変わり者で偏屈な男だと思い、それから嘉助とは疎遠になってしまいました。そう言えば、別れ際に嘉助が……。竜泉堂とは仲違いしたままなのか、と訊いてきました。なぜ、そんなことを訊くのかと思いましたが、きっと、あなたのことが気になっていたんでしょうね」

お舟も涙を流している。

「竜泉堂と柳井堂がいがみ合っていなければ、嘉助とあなたは所帯を持っていたのかもしれませんね。嘉助には申し訳ないことをしたと思います。そして、あなたにも……」

お喜代は背筋を伸ばした。

「それで……。庄吉さんにお願いがあって参りました。こんなことは申し上げげにくいのですが、嘉助さんはもう長くないかもしれません。あたしは、弁天長屋で嘉助さんと暮らすつもりです。嘉助さんの最期は、あたしが看取りたいんです。そのことを、庄吉さんには話しておきたいと……」

「竜泉堂のみなさんには、お話をされたんですか」

「はい」

「あなたのお兄さんは何と……」

「お前の好きなようにしろと。悔いのないようにしろと。そして、あたしに謝ってくれました。すまなかったと。兄はこちらにお伺いして、あたしと嘉助さんを一緒にさせてやってほしいと、庄吉さんに頭を下げると言ってくれました。でも、これはどうしても、あたしの口から言いたかったんです」

「恭助さんがそんなことを――」

お喜代は、庄吉が兄の幼名を呼んだことに気づいて、思わず目を瞠った。

「おかしいですかな。あなたのお兄さんと私は同い年なんですよ。名前を知らないわけがない。呼べなかっただけだ」

庄吉はそう言うと、大きく息を吐いた。

「そちらと私どもが断絶したのは、祖父の代のことです。決して口をきくなと、祖父と父にきつく言われましたし、家訓だと言い含められて育ちました。しかし、実のところ家訓などという立派なものではない。祖父たちの意地の張り合いではないですか。そんなものにつき合わされるのは理不尽だと、私も幼い時分に思っていました。しかし、そう思いながらも、変えようとしなかったのだから、祖父や父と同罪です。つまらないことでいがみ合ってとどのつまりは、嘉助とあなたに重荷を背負わせてしまいましたね……」

庄吉は両手をついた。

「お喜代さん。よく話してくれました。嘉助のことはいつも心に引っかかっていました。私も、もう歳です。これでもう思い残すことはありません。胸のつかえが下りるとはこのことなのでしょう。私も折をみて、竜泉堂さんに、ご挨拶に伺います。嘉助のこと、どうかよろしくお願いいたします」

お喜代も深々と頭を下げた。

お喜代が嘉助と暮らして、ひと月半。両国の川開きの夜、嘉助は静かに息を引き取った。

弔いを済ませたお喜代は、柳井堂の庄吉のところに位牌を持っていったが、庄吉は、迷惑でなければ、お喜代に持っていてほしいと頼み、その方が嘉助の供養になると言ってくれた。

お喜代は元の暮らしに戻り、竜泉堂を手伝っている。お喜代が嘉助と暮らしている間に、兄の恭七郎と柳井堂の庄吉が酒を酌み交わしたという話を聞いた。きっと、嘉助も草葉の陰で喜んでいるだろう。

お喜代は世話になったお礼に、お咲、お染、万造、松吉を三祐に呼び出した。この日はお盆、後の藪入りで、ほとんどの店は休みになる。三祐のお栄は昼から店を開けてくれた。

「おけら長屋のみなさんには、本当にお世話になりました。今日は私が持ちますから、遠慮しないで呑んでください」

どこか吹っ切れているようなお喜代を見て、お咲は安心した。

「嘉助さんのことは、残念だったねえ」

万造が、お栄を呼ぶ。

「まずは、献杯(けんぱい)ってことだな。お栄ちゃん。それじゃ、お言葉に甘えて酒を十本ほど持ってきてくれや」

お染に睨まれた万造は――。

「じょ、冗談だよ。お栄ちゃん、それじゃ、九本にしてくれ……って、だから冗談だって言ってるだろ」

五人は嘉助の冥福(めいふく)を祈って献杯した。お咲は、お喜代に酒を注ぐ。

「ねえ、お喜代ねえさん。弁天長屋で、嘉助さんと五十年ぶりに会ったとき、どんな話をしたんだい」

四人は済松寺門前の茶店で四半刻ほどお喜代を待って一緒に帰ったが、お喜代が嘉助とどんな話をしたのかは訊かなかった。二人の間に立ち入ることは許されないような気がしたからだ。

「もう、訊いてもいいころかと思ってさ」

お喜代は頷いた。

「嘉助さんは床(とこ)に座っていた。お染さんが、あたしと来てるって話してくれたからだろうね」

　お染は猪口を置いた。

「なんだか、ドキドキするねえ。子供のころに好き合っていた二人が、五十年ぶりに再会するなんてさ」

「それがね、何てことなく話せたんだよ。ちょいと買い物に出て、帰ってきたみたいにね」

《嘉助さん。身体(からだ)の具合はどうですか》

《ああ。煙草(タバコ)の煙を吸いすぎたのがいけなかったのかもしれねえなあ。職人だからよ、てめえの造ったものは確かめてみたくならあ。雁首は煙草の葉が入れやすいとか、吸い口は舌ざわりがいいとか、煙の抜けがいいとかよ。お喜代ちゃんはどうでえ。身体に悪いところはねえのか》

《あたしは丈夫ですから。風邪(かぜ)ひとつ引いたことがないくらいで》

《そいつはよかったな。ところで、よくここがわかったな》

《ちょいと風の噂で聞いて、嘉助さんの顔が見たくなっちまってねえ。そんなわ

けで……。ここで、あたしも一緒に暮らしてもいいですか》

《ああ。構わねえよ》

　万造は腕を組んだ。

「痺れるじゃねえか。おれたちみてえな、まだ尻(けつ)の青いガキにできる芸当じゃねえ。なあ、松ちゃん」

「まったくでえ。そこらの女なら、吉原(なか)に女がいるんじゃねえかとか、博打(ばくち)で借金があるんじゃねえかとか、根掘り葉掘り探りを入れるとこだがな……」

　松吉は両手を頭の上にのせる。そこに、お栄が振り下ろしてきた盆があたった。

「わはは。何度も同じ手を食らう松吉さんじゃねえのよ」

　お喜代は続ける。

「あたしには、嘉助さんが何を考えているのかわかったんだよ。なぜだかわかるかい。あたしと同じだからさ。もし、忘れていた嘉助さんとばったり出くわしたらドギマギしちまうだろ。でも、あたしは嘉助さんのことを忘れたことなんかない。いつも心の中で嘉助さんと話をしていた。だから、いつものように話ができたんだよ。嘉助さんの話し方からも、ぎこちなさは感じられなかった。嘉助さんも、きっとあたしのことを……。すまないねえ、のろけ話を聞かせちまって」

お染は首を振った。

「とんでもない。こんな深い話は滅多に聞けるもんじゃありませんから」

万造は猪口の酒を呑みほす。

「違えねえ。深すぎて溺れちまいそうだぜ……。痛え」

お栄が、お盆で万造の頭を叩いた。

「万ちゃん。まだまだ修行が足りねえなあ」

「黙って、お喜代さんの話を聞きなさいよね」

お栄も座に連なった。

「嘉助さんと暮らした日々は、何てことのない日々だったけど、あたしは幸せだった。一緒にご飯を食べて、たわいない話をして、そんな毎日が心地よかった。でも、嘉助さんの具合は悪くなる一方でね。半年前、医者には〝もって三月〟って言われたそうだから。あたしが来るのを待っててくれたのかもしれないねえ」

外からは蟬の鳴き声が聞こえる。

「もう、夏も終わりだっていうのに、まだ蟬が鳴いてるんだね。考えてみれば、嘉助さんとあたしは、夏の蟬みたいなもんかもしれないねえ。蟬っていうのは何年も土の中にいて、やっと陽の当たるところに出てきたと思ったら、すぐに死んじまうだろう。儚いと思うかい。あたしはそうは思わないよ。それが蟬の一生なんだから」

お咲は、お喜代に酒を注いだ。

「嘉助さんの最期は看取れたのかい」

お喜代はその酒を舐めるようにして呑んだ。

「うん。医者から、もう危ないって言われた夜、あたしは嘉助さんとひとつの布団に寝て、ずっと手を握ってた」

《嘉助さん。今日は両国の川開きですよ》

嘉助はかすれる声で「ああ」と答えた。

《あの夜のことは覚えてますか》

一緒に暮らすようになってからも、あの夜の出来事は、二人とも口に出したことはなかった。

《あのとき、両国橋の上で、あたしの手を握りながら言ってくれたこと……。あたしは五十年の間、一度も忘れたことはありませんでした》

嘉助の唇が震えるように動いた。

《お、おいらは……、お、お喜代ちゃんのことが、ずっと、す、好きだった……。い、い、今でもす、好き、だ……》

お喜代は、嘉助の手に力が入るのを感じた。あのときと同じように……。

《ありがとう。ありがとう、嘉助さん。あたしを待っていてくれて》

嘉助の手からは、だんだん力が抜けていく。お喜代は嘉助の手を握り続けて離さなかった。嘉助の手が冷たくなっても……。

三祐の座敷で聞こえるのは、女たちのすすり泣く声と、蟬の鳴き声だけだ。

「嘉助さんの弔いを済ませて、簞笥（たんす）の中を片付けていたら、小さな風呂敷包（ふろしきづつ）みが出てきてね。お咲ちゃん。何が出てきたと思う」

お咲は何も答えない。

「赤い鼻緒(はなお)の下駄。片方だけの下駄さ」

お咲は目を見開く。

「両国橋で、お喜代ねえさんが失くした……」

「両国橋で、嘉助さんはあたしと別れてから、嘉助さんはあたしが失くした右の下駄を拾ったんだ。嘉助さんはその下駄を持っていてくれた。家を出て弟子入りするときも……。あれから五十年、ずっと持っていてくれたんだ。あたし、その下駄を見ていたら、涙がこみ上げてきてね。覚悟はしてたんだけど、嘉助さんがいなくなってしまったことが心底、悲しくなっちまってね……。その片方の下駄を抱きしめて、泣いて、泣いて、泣き腫(は)らした」

お栄は汚い布巾(ふきん)を顔にあてて泣いている。お染は手拭(てぬぐ)いで目頭をおさえる。

「な、なんだい。あんたたちも泣いてるのかい」

万造と松吉も俯(うつむ)いて肩を震わせていた。お喜代は徳利を持ち上げる。

「なんだか、すっかり湿っぽくなっちまったね。さあ、みんな呑んでおくれよ。さあ」

お喜代はみんなに酒を注ぐ。

「あたしのことをかわいそうな女だなんて思わないでおくれよ。あたしほど幸せな女はいないんだから」

お咲、お染、お栄にも、お喜代は幸せな女に見えた。女の幸せをまっとうしたと思えたからだ。

「なんであのとき、お咲ちゃんに嘉助さんの話をしたのかなあ。でも、話をしなかったら、嘉助さんには会えなかったんだねえ」

お咲はしみじみと——。

「長くは生きられない蟬の鳴き声が、お喜代ねえさんに届いたってことだねえ」

「虫の知らせってことか……」

気がつくと蟬の鳴き声は聞こえなくなっていた。

本所おけら長屋(十五)　その参

あきなす

一

おけら長屋の井戸端で世間話に興じているのはお里、お咲、お律の三人だ。

「研ぎ屋の半次がまた、好きになったコレに振られたんだってねえ」

お里は小指を立てた。

「あははは。毎度のことじゃないか。もう笑う気にもなれないよ」

おけら長屋に越してきてから日の浅いお律は、半次のことを知らない。

「研ぎ屋の半次さん……」

お里とお咲は顔を見合って笑う。

「本所では万松と並ぶ名物男でね。〝早呑み込みの半次〟〝勘違いの半ちゃん〟〝わかったの半の字〟って呼ばれてるのさ」

「若い娘と目が合っただけで、自分に惚れてると勘違いするおめでたい男さ。かれこれ、半公(はんこう)に惚れた女は百人はいるだろうねえ。あははは」

「だから、お律さん。半公と出会っても目を合わせちゃいけないよ」

お律は大根を洗う手を止める。

「だって、半次さんって、まだ若いんでしょう。あたしとは歳(とし)が違うから」

お里は真顔になる。

「お律さん。半公を舐(な)めちゃいけないよ。筋金入(すじがねい)りの馬鹿(ばか)だからね」

「そうだよ。この前は、嚙(か)まれた雌犬(めすいぬ)に惚れたって話だから」

お律は笑った。

「江戸(えど)っていうところは、面白(おもしろ)い人がたくさんいるんだねえ」

お咲は額(ひたい)の汗を拭(ぬぐ)う。

「そりゃそうだろう。こんな狭いところに、これだけの人が住んでるんだから
ね。まるで佃煮(つくだに)だよ。立派な人もたくさんいるんだろうけど、そのぶん馬鹿も
たくさんいるってことさ」

「あははは。立派な人は目立たないけど、馬鹿は目立つからねえ」

「だから、噂話(うわさばなし)には事欠かないのさ。この井戸端にいれば、次から次へと面白

い話が舞い込んでくるってわけさ」

　お律は大根を洗いながら――。

「今はどんな噂話があるんですか」

　お里とお咲はそれを受けて――。

「そうだねえ……。海苔屋の婆さんが寝込んでいて、あと何日もつかとか……」

「豆腐屋の五助さんが、豆腐の角に頭をぶつけて怪我をしたとか……」

「だるま長屋のお克さんが、十一人目の子を身籠もったとか……」

「上総屋の旦那が、妾に五十両もの大金を持ち逃げされたとか……」

　お里とお咲は同時に嘆く。

「まったく、ロクな噂話がないねえ」

　そのとき、赤子の泣き声が聞こえてきた。お糸が生まれたばかりの雷蔵を連れて遊びに来ているのだ。

　雷蔵は雷鳴が響き渡る中、奇蹟のように誕生した。そのため「雷様の申し子」と界隈で評判だ。その名の通りに、雷のような大きな声で泣く。

「ロクでもねえ話ばかりしてねえでおれの話でもしろいって、雷坊が言ってるんじゃないかい」

お咲の言葉に、お里は相好（そうごう）を崩（くず）す。

「雷坊は賢いからねえ。あたしたちの話も、しっかり聞いてるんだねえ」

「ちょいと、そういう意味じゃないよ。……まったく、祖母馬鹿（ばば）には困ったもんだ」

「雷ちゃんは、元気いっぱいですねえ」

お律はそう言って微笑（ほほえ）んだ。

お咲が思い出したように膝（ひざ）を叩（たた）く。

「そう言えば、石川屋（いしかわや）さんの姑（しゅうとめ）と嫁はどうなったんだろうねえ」

お律は「石川屋さん？」と繰り返した。お里がニヤリとする。

「万造（まんぞう）さんが奉公（ほうこう）してるお店（たな）だよ。入江町（いりえちょう）にある米屋さ。この店のお内儀（かみ）さんと嫁の仲が悪くてね。二人とも気が強いってんだから面白い……。いや、性質（たち）が悪いんだよ。嫁と姑と言えば、姑の嫁いびりと相場が決まってるんだけどね」

「秋茄子（あきなす）は嫁に食わすなってことだよ」

お律は小さく首を捻（ひね）る。

「秋茄子は嫁に……」

「秋茄子は美味しいから、憎い嫁なんかに食べさせてたまるかってことだよ」

「あたしが育ったところでは、嫁を大切にしろっていう教えなんです。秋の茄子は身体が冷えるから、特に身籠もった嫁には食べさせないんです」

「へえ。そうなのかい。いろいろあるもんだねえ。まあ、嫁と姑のいざこざなんざ、どこにでもある話さ。旦那と若旦那には迷惑な話だろうけど、万造さんは楽しんでるみたいだよ。奥山の見世物小屋より面白いってね」

そのころ、入江町にある石川屋では――。

石川屋は小さな米問屋だ。主人の金兵衛とその妻のお袖。息子の伊太郎と嫁のお菜。そして奉公人は、番頭の福助、手代の万造、定四郎、丁稚の恒吉、女中のお輝の五人しかいない。

石川屋の昼飯は、用事がある者を除いて、主以下、奉公人まで揃って食べることになっている。これは先代が作った仕来りだ。主と奉公人は別の部屋で食事をする店が多かったが、先代が奉公人を家の者と同じように扱ったのと、話を一同の耳に入れるのに都合がよいと考えたからだ。

お紬は味噌汁を啜ると、苦々しい表情をしてお椀を置いた。

「お前さん、この味噌汁は薄くないですか」

この日の味噌汁を作ったのは、嫁のお菜だと知っての嫌味だ。旦那の金兵衛は心の中で「また、始まった」と呟くが、表情には出さずに答える。

「さあ。私は特に何も思わなかったがな」

自分の肩を持ってくれない金兵衛に、お紬の機嫌は悪くなる。

「お前さんは、味の濃い味噌汁が好きだったじゃありませんか。ねえ、万造」

万造は飯を頬張りながら――。

「そ、そうでしたね。旦那は泥水みてえになってる味噌汁が好きだからねえ」

万造の戯言などはだれも聞いちゃいない。嫁のお菜はその味噌汁を口にする。

「お義父様は濃い味噌汁がお好きだったんですか。それは申し訳ありませんでした。いえね、清水町の小料理屋の女将さんが言ってたんですよ。石川屋の金兵衛さんは薄味の味噌汁が好きなんだって。味噌汁っていうのは、味噌の味じゃなくて、出汁で決まるんだって言ってたそうです。それが味噌汁の味わいというものですよね。ねえ、万造さん」

　万造は味噌汁を啜りながら――。

「そ、そうでしたね。旦那はカツオ出汁の効いた味噌汁が好きですからねえ」

　お袖もお菜も話を振るのは万造だ。何を言っても同意してくれるからだ。お菜は続ける。

「お義父様は、お義母様の好みに合わせて、我慢して濃い味噌汁を飲んでるそうですよ」

「な、なんですって」

　お袖は味噌汁の入っているお椀を置いた。

「あら、お義母様。私が言ったんじゃなくて、小料理屋の女将さんが言ってたんですよ」

「お前さんは、小料理屋でそんなことを言いふらしてるんですか」

「い、いや、私は……」

　座に不穏な気配が漂う。それを救うのは万造だ。

「まあ、味噌汁の濃い、薄いなんてえのは、その日の気分で変わるもんでさあ。

そんなことより、旦那の髪の毛が濃い、薄いって方が大事です。もうすぐ髷も結えなくなりますからね。旦那もそう思うでしょう」

「ま、まあ、そうだな。万造の言う通りだ」

「だから、味噌汁の味なんてえのはどうでもいいんでえ。大切なのは具でさあ。髪の毛には若芽がいいって聞きましたぜ。明日から味噌汁の具は若芽にしましょうや。おめえも若芽が好きだろ」

万造は丁稚の恒吉に話を振った。

「いえ。私は豆腐と揚げが入った味噌汁が好きです」

万造は恒吉の額を叩く。

「おめえは話の流れってもんがわからねえのか。人がせっかく流れを変えようとしてるのによ」

お袖が唐突に切り出した。

「濃い薄いで思い出しましたけどねえ、万造。京月屋さんの嫁さん……、お恵さんっていったかねえ。あの人の化粧は濃いと思わないかい。小間物屋とか呉服屋ならともかく、惣菜を扱ってる店だろう。食べ物屋の嫁が、あんな濃い化粧をするもんじゃないだろう」

　万造は面倒臭さそうに答える。

「京月屋の嫁さん……。そうですかねえ」

　お菜はゆっくりと箸を置いた。

「お義母様。それは私におっしゃってるんですか」

　伊太郎が口を挟む。

「おっかさんは、京月屋さんの嫁と言ってるだろう。お前のことじゃない」

「お前さん。最後まで聞いてください。食べ物屋の嫁があんな濃い化粧をするもんじゃないって。京月屋さんの名を借りて、私に言ってるんですよ。お義母様、私に言いたいことがあるなら、はっきり言ってください」

　お袖は嫌味な笑い方をする。

「おほほほ。自分に言われてると思うってことは、お菜さん。自分の化粧が濃いってわかってるようだねえ」

　お菜も負けじと嫌味な笑い方をする。

「ほほほほ。でもねえ……。米屋だって客商売ですから、皺だらけの殺風景な顔が出てくるよりは、マシだと思いますけどねえ」

　お袖はゆっくりと箸を置く。

「お菜さん。それは私に言ってるのかい」

　金兵衛が口を挟む。

「お菜は、たとえ話をしただけだろう」

「お前さん。最後まで聞いてくださいな。皺だらけの殺風景な顔って、この店に女は私とお菜さんしかいないでしょう。私に言いたいことがあるなら、はっきり言いなさい」

　お菜は馬鹿にしたように笑いながら――。

「あら、この店にはお輝さんもいますよ。それなのに、自分に言われてると思うってことは、お義母様。ご自分の顔が皺だらけで殺風景だってことは、ご存知なんですね」

「へ、へ、へ……、へっくしょーい」

　万造が大きなクシャミをする。

「ここんところ、めっきり涼しくなってきやがったから、風邪でも引いちまったかなあ」

　万造の言葉に金兵衛と伊太郎が食らいつく。

「そ、そうだな。私も歳だから風邪には気をつけねばならんな」

「そ、そうですよ、おとっつぁん。大事にしてもらわないと。そう言えば、私もなんだか寒気がしてきたような……」

「それはいかんな。早く寝た方がいいぞ。よし、私も大事をとって寝ることにしよう」

「そうしましょう。身体あっての商いですから」

「番頭さん。後は頼みましたぞ」

　金兵衛と伊太郎は、食事もそこそこに席を立って消えていく。いつものことながら、番頭の福助は大きな溜息をついた。


　昼前に石川屋を訪れたのは、色白の優男だ。運悪く――お菜にとっては運がよかったとも言えるのだが――店の者は出払っており、お菜が店前に出た。男の姿を目の当たりにしたお菜は腰が抜けそうになった。

物腰に品があり、それなのに色気も漂う。鼻筋が通り、切れ長の目なのだが、その瞳には優しさが感じられる。お菜はなんとか背骨を真っ直ぐに立て直した。

「な、何か御用でございますか」

男はお菜を見つめて微笑んだ。

「お店の方とは思えませんが……。こちらのお嬢様でいらっしゃいますか」

お菜の腰は再び抜けそうになる。

「お、お嬢様だなんて……。そ、そんなあ……」

お菜は頰を赤くして、腰をくねらせ、目を瞬かせた。

「どうされましたか、お身体の具合でもお悪いのですか」

「い、いえ……。大丈夫です。な、何か御用でございますか」

「米を売っていただきたいのです」

「まあ、お米をですか」

男は店の中を見回してから——。

「こちらは米屋さんですよね。間違えましたかな」

「いえ。間違いなく米屋でございます。どれくらい御用意いたしましょうか。一俵でも二俵でも……」

「そんなには要りませんが。とりあえず、三升ほど……」

男が一人で三升の米を買いに来るのは珍しい。

「あの、この石川屋へは、はじめてで……」

男は頷いた。

「私は今川勘十郎と申しまして、浅草の今川座で役者をしております。叔父がこの裏にある長屋に住んでまして。風邪をこじらせて寝込んでいると聞いたものですから見舞いに来たのですが、叔父が言うには……」

《お前も今川座の立役者になったからには、贔屓筋だけにではなく、楽屋に気を配らねばならん。回りの者たちに引き立てられてこその立役者だからな。芝居小屋の楽屋ともなれば、稽古だ、来客だといって満足に飯も食えまい。そうだ。昼には楽屋で握り飯を振る舞うがよい。出番の合間にも容易く食べることができるしな。それくらいの気遣いができんと、一座をまとめることはできんぞ》

「叔父も役者をしておりましたので、なるほどと思いました。聞けば近くに石川屋さんという米屋があるとのことで、こうして寄らせていただきました」

　男が役者と聞いて、お菜の胸はさらにときめいた。芝居好きなお菜だったが、今川座に足を踏み入れたことはない。こんな様子のよい男が舞台に立ったなら、さぞ美しいことだろう。

「それで、この店に。ありがとうございます。すぐにご用意させていただき……」

　お菜の頭にある考えが浮かんだ。

「確か、今川座の楽屋で握り飯を、とおっしゃいましたね。握り飯がどれくらいご入り用かはわかりませんが、米を炊くのも大変でございましょう。こちらで飯を握って、楽屋にお届けいたしましょうか」

　そうなれば、勘十郎と何度も会うことができるかもしれないし、今川座を覗くことができるかもしれない。お菜の期待通りに、勘十郎の表情は明るくなった。

「それはありがたい……。しかし、そんなお手間を取らせたら、値が高くなってしまいますよね。お恥ずかしい話ですが、芝居小屋は派手なように見えますが、台所は苦しいのです」

お菜は微笑んだ。自分ができる精一杯の笑顔で――。

「米のお代だけで結構でございます。もし、うちの米と握り飯を気に入って御贔屓にしていただければ、こちらの商いも成り立ちます」

「今川座は、役者、道具方、呼び込みなど、総勢二十名の大所帯です。次の舞台は明後日(あさって)が初日で、ひと月続きます。毎日、九ツ（正午）に握り飯を六十ほど届けていただければありがたいです」

「お安い御用でございます。それでは、みなさんが飽きないように、握り飯を混ぜご飯にしたり、沢庵(たくあん)や糠漬(ぬかづけ)を添えたりいたしましょう。いつからお届けすればよろしいでしょうか」

「では、明後日からお願いできますか」

「かしこまりました」

店の仕事を手伝うことはあったが、自らが商いを取り決めるのははじめてだ。お菜は自分が高ぶっていることに気づいていた。

お菜は、その日の昼飯どきに、握り飯のことを切り出した。さっそく、横槍(よこやり)を入れたのはお袖だ。

「お菜さん。そんなことを番頭さんに相談もせず、勝手に決めてもらっては困りますよ」

お菜にとって、そんな横槍は承知の助だ。

「でも、店にはだれもいませんでした。その方は急いでいるようでしたから、他の米屋に話を持っていかれたら元も子もありません。ですから、私は……」

伊太郎が助け船を出す。

「お菜は正しかったと思いますよ。林町に新しい米屋ができてから、うちの売り上げは二割ほど落ちています。私は嬉しいんですよ。お菜が商いのことを考えてくれるようになって。おとっつぁんもそう思いませんか」

金兵衛は頷く。

「私もそう思う。お菜が気転を利かせて、握り飯を届けると切り出したのはお手柄だ。これからの商いは奉仕の心が大切だ。よそ様と同じことをしていたのでは、お客様を集めることはできんからな。私からも礼を言いますよ」

お菜の株が上がって、面白くないのはお袖だ。

「理屈ではそうかもしれません。じゃあ、お訊きしますけど、だれが米を炊いて、飯を握るんですか。だれが浅草まで届けるんですか。毎日だっていうじゃありませんか」

女中のお輝と丁稚の恒吉は下を向く。自分たちにお鉢が回ってくると思っているからだ。お菜が箸を置いて背筋を伸ばした。

「私が一人でやります。米を研いで、炊いて、握って、浅草まで届けます。私が受けた仕事ですから、できるだけのことはします。いいえ、私にやらせてください。お願いします」

金兵衛は目頭をおさえた。

「お菜も、やっと米屋の嫁らしくなってきましたね。みんなもできるだけ手伝ってあげてくださいよ」

お袖は苦々しい表情になる。

「お菜さんが一人でやると言ってるんですから、やらせてあげればいいじゃないですか。いつまで続くかわかりませんけどね……」

お菜の耳に、お袖の嫌味などは届かない。明後日からのことが楽しみで仕方ないからだ。

二

お菜が一人で握り飯をこさえ、浅草の今川座に届けるようになってから五日が過ぎた。握り飯を抱えて入江町と浅草を往復するのは大変だったが、お菜は少しも辛いとは思わなかった。

昨日は楽屋に握り飯を届けると、化粧の合間だった勘十郎が顔を出してくれた。

「お菜さんの握り飯は楽屋でも評判ですよ。みんな楽しみにしています。そうだ、お急ぎでなければ、少しだけ芝居を観ていきませんか。これから、私の十八番を演るんです。ぜひ、お菜さんに観ていただきたい。ほんの半刻（一時間）の幕ですから」

お菜の胸はときめいた。

「本当ですか。嬉しいです……」

渡世人の出で立ちで舞台に登場した勘十郎は輝いている。お菜はその姿にうっとりして溜息をついた。

「万造。ちょいとこっちに来ておくれ」

　店に戻った万造は、お袖に呼ばれた。あたりを気にしているようなので、いつもの小言ではなさそうだ。案の定、お袖は万造の半纏の袖をつかむと、店の裏にある蔵の方に引っ張り込んだ。

「いけませんや、お内儀さん。こんな真昼間から。そりゃ、お内儀さんの気持ちもわかりますぜ。こんな様子のいい男を目の当たりにしてりゃ、身体の芯が熱くなってきたって仕方がねえ。ですが、あっしは奉公人。あなたはお内儀さん。その上、あっしは婆が苦手ときてやして……」

　お袖は万造の戯言など聞いてはいない。

「万造。お前、おかしいとは思わないかい……。何がって、お菜だよ。ここに嫁いできてから、店の仕事を自分から手伝ったことなんか一度もなかったじゃないか」

　万造は面倒臭そうに半纏の埃を払う。

「いいじゃねえですか。お店のためになることをやってるんですから。気にすることじゃねえでしょう」

「冗談じゃないよ。お店のためにならないことが起きそうだから言ってるんだよ。あの世間知らずが、商いに手を出してごらんよ。禍が起きるに決まってる。それが心配なんだよ」

万造は嫌味ったらしく笑う。

「とかなんとか言って、本当はお菜さんの弱みを握ろうって魂胆なんでしょう。嫌な姑だねえ」

お袖はニヤリとすると、万造を肘で突いた。

「ひひひ。お前も小意地が悪いねえ。わかってるなら力をお貸しよ。これでさあ……」

お袖は小さな紙包みを万造に握らせた。万造はその紙包みを素早く懐にしまう。

「ですがねえ、お内儀さん。あっしにも仕事がありやすんで……」

「お前、どの口がそんなことを言ってるんだい。仕事なんか恒吉の半分もしてないじゃないか。お前を飼ってるのは、こういうときに役立つからさ」

「わははは。飼ってるって、おれは犬じゃねえや」

「いいかい、万造。必ず何かある。何かあるんだよ。女の勘ってやつさ。番頭さんに何かを言われたら、私に頼まれた用事があるって言えばいいからね。頼んだよ」

お袖は、そう言い残すと、足早に立ち去った。


そして、三日後――。

「お内儀さん。わかりましたぜ。お菜さんが張り切ってるわけが。だが、悪いことをしてるわけじゃねえ。たわいもねえ女心ってやつでさあ」

お袖は片頰（かたほお）を上げた。

「面白そうじゃないか。聞かせておくれよ」

万造は手の平（ひら）を出した。お袖はその手の平を叩く。

「抜け目がないねえ。それは話を聞き終えてからだよ」

万造は「ちっ」と舌打ちをしてから話し出した。

「石川屋に米を買いに来たのは、役者だって話は聞いてるでしょう」

「ああ。今川勘十郎とかいう……」

万造は訳ありげな笑い方をする。

「これが、浅草でも評判の色男なんでさあ。舞台に現れたら客席にいる、まだ小便臭え女から、棺箱に片足突っ込んだ婆さんまでもが大騒ぎ。黄色い声とおひねりが飛び交うって人気ぶりだそうで……。他の芝居小屋は閑古鳥が鳴いてるって噂ですぜ。そんな勘十郎が米を買いに来たんでえ。お菜さんが舞い上がっちまったとしても不思議じゃねえや」

「なるほどねえ……」

「お内儀さんに頼まれた翌日、お菜さんの後をつけやした。お菜さんの足は地についていねえ。空に浮くように歩いてやしたから疲れるわけがねえや。握り飯の入った重箱も、ちっとも重そうじゃねえ。勘十郎に会うのがよっぽど楽しみなんでしょうねえ。昨日は勘十郎に誘われたみてえで、芝居をひと幕観てやした。小屋から出てきたお菜さんは、夢見心地ってやつでね。あれなら、一年だって二年だって、飯を握り続け、届け続けるに違えねえや」

「勘十郎って役者は、そんなに様子のいい男なのかい……。ま、まさか、お菜と深い仲になっちまったんじゃないだろうね」

　万造は大笑いする。

「馬鹿も休み言ってくだせえよ。あんな醜男（ぶおとこ）のところにきた嫁ですぜ。この界隈じゃ、醜男と醜女（しこめ）で、〝似た者夫婦〟って呼ばれてるのを知らねえんですかい。人気絶頂の勘十郎が相手にするわけがねえでしょう」

「あははは、なんせ伊太郎は、うちの夫（ひと）と私の子だからねえ……。って、そこまで言うことはないだろう。そうかい……」

「どうしたんで……」

　お袖は目を細める。

「勘十郎っていうのは、そんなに様子のいい男なのかい……。ねえ、万造……」

「な、な、なんでござんしょうか……」

「あのねえ……。その……、私がさあ……。今川座に握り飯を持っていける手立てはないかねえ」

「なんですかい、そりゃ」

　お袖は身をくねらせる。

「だってさあ……、お菜にだけ、そんな楽しい思いをさせるのは悔しいじゃないか」

万造は呆(あき)れ返る。

「お内儀さん。もう色気づくような歳じゃねえでしょうよ。身体に障(さわ)りますぜ」

「冗談じゃないよ。女は灰になるまで女っていうじゃないか。頼むよ、万造。私が握り飯を持っていくことになる手立てを考えておくれよ」

万造は黙って手の平を差し出した。


翌日の昼飯の最中に、万造が切り出した。

「浅草の奥山(おくやま)に常盤座(ときわざ)って見世物小屋があるでしょう。ほら、曲芸とか手妻(てづま)とかをやってる」

「ああ、赤い看板の小屋だろう」

お袖がそっけなく答える。

「そうでさあ。今日、そこの座頭(ざがしら)って人に声をかけられやしてね。お菜さんが今川座に届けてる握り飯が評判とかで、話を聞きてえってんですよ」

伊太郎の表情(かお)はほころぶ。

「お菜。よかったじゃないか。お前のやった仕事がこの店の評判をよくしてるってことだ」

お菜は嬉しそうに微笑んだが、心の中は逆だ。勘十郎に会うために握り飯を届けているだけで、この店の評判などはどうでもよかったからだ。もし、その常盤座という見世物小屋からも握り飯を頼まれたら、迷惑この上ない。仕事が増えるだけだ。

「それでね、その座頭が明日の九ツ半（午後一時）に石川屋に来るってんですよ。お菜さんから話を聞きてえって」

お菜は焦った。今川座に握り飯を届ける刻限と重なるからだ。

「わ、私には仕事がありますから。万造さん。代わりに話を聞いておいてくれませんか」

お袖が割って入る。

「あら、お菜さん。せっかくのご指名じゃないか。握り飯を届けるなんて、だれにでもできるでしょう。お菜さんはこの前、私が受けた仕事だからって言ってたじゃありませんか。私は立派だと思いましたよ。その座頭さんの話を聞いてあげてくださいな。ねえ、お前さん」

金兵衛も満足そうだ。

「お袖の言う通りだ。お菜は、なかなか商いがうまいようだからなあ」

「でも、今川座にはだれが……」

お菜は不安げに尋ねる。お袖にだけは勘十郎のいる今川座を荒らされたくないからだ。

万造はその言葉を待っていたかのように――。

「あっしが行きますよ。任(まか)しておくんなさい」

万造とお袖はこっそり目を合わせる。万造の作り話などはどうにでもなる。明日になって常盤座の気が変わったと言えば済む。万造が届けることにしておいて、お袖が今川座に届ければそれまでだ。

念入りに化粧をして若作りをしたお袖は、今川座の楽屋口から声をかける。

「石川屋でございます。握り飯をお届けに参りました」

そこに現れたのは鼻筋の通った優男だ。

「ご苦労様……。あれ、今日はお菜さんじゃないんですか」

「申し訳ございません。お菜はちょっと用事があったもので……。あ、あの、今川勘十郎様でしょうか」

「はい。そうですが。お菜さんのことを〝お菜〟と呼ぶところからすると……。お菜さんのお姉さまでしょうか」

「お、お姉さまだなんて……、そ、そんな……。恥ずかしいわ」

お袖は、勘十郎の容姿をまじまじと見た。色白で背が高い。切れ長の目は冷たそうに感じるが、その冷たさに惹かれてしまう。そして、全身からは品のある色気が漂っていた。

さらに、その物言い。世辞だとわかっていても、つい表情がほころんでしまう。

「わ、私は、お菜の義理の母でございます」

「それは失礼をいたしました。あんまり若々しいので、お義母様には見えなかったものですから」

お袖は嬉しさのあまり気を失いそうになったが、なんとか立て直した。

「どうぞ、楽屋にお入りください。ところで、お菜さんは……」

お袖は勘十郎の背中に見とれながら楽屋に入った。

「お菜は別の仕事がありまして、私が代わりに参りました。石川屋の握り飯はいかがでございますか」

勘十郎は楽屋にいた者たちに向かって――。

「みなさん、どうですか。石川屋さんの握り飯は」

一同は、にこやかな表情になる。

「美味しくいただいております」

「握り飯の具を変えてくれるのが嬉しいです」

「お新香にまで気を遣っていただいて、毎日が楽しみです」

勘十郎はお袖の方に向き直った。

「ということです。座員一同、石川屋さんの握り飯を心待ちにしてるんです。せっかくだから、味噌汁を作ることにしたんですよ。裏口の外で七輪の上に鍋をのせましてね。豆腐を入れたり、葱を入れたりしてます。それもこれも石川屋さんの握り飯があってのことですよ。手間もかからず、すぐに食べられるので重宝

していますｊ

「そうですか。何かご要望があれば遠慮なくおっしゃってくださいましね」

勘十郎は思い出したように――。

「そうだ。よろしければ、次のひと幕を観ていかれませんか」

「まあ、嬉しい」

「この前はお菜さんにも観ていただいたんですよ。何かおっしゃっていませんでしたか」

（やっぱり、お菜は今川座に来てそんな楽しいことをしていたのか。許せない）

お袖はわざとらしく首を傾げる。

「あらまあ、実はお菜はあまりお芝居が好きではないんでございますよ。私はお芝居が大好きなんですけどねえ。ぜひ、拝見させていただきます」

勘十郎は着物の裾を捲って帯に挟み、青い股引を身につけている。

「股旅ものですか」

「ええ。私の十八番なんです」

お袖は一座の者に案内されて客席に座った。大入りのようで、ほとんどが女の客だ。

三度笠をかぶり、縦縞の道中合羽に身を包んだ勘十郎が舞台に登場すると、客席のあちこちから声がかかる。

「待ってました～」

「勘さま～」

「千両役者～」

そして舞台には、おひねりが乱れ飛んだ。

ほんの少し前、自分に優しい言葉をかけてくれた勘十郎が今、舞台で喝采を浴びている。お袖はその姿に見とれた。

三

お袖が石川屋に戻ると案の定、お菜の機嫌は悪い。

「万造さん。常盤座の座頭さんって人は来なかったじゃありませんか」

万造は平然と答える。

「そんなこと言ったって、あっしは常盤座の座頭の言葉をそのまま伝えただけですからね。あっしに文句を言うのは筋違いってもんでさあ」

伊太郎は万造の肩を持つ。

「そうだよ、お菜。万造に罪はないよ」

「まあ、急に体の具合が悪くなったとか、何かあったんでしょうよ。今度あっしが聞いてきますから。今日のところは勘弁してやってくだせえよ。おっ。お内儀さん。お帰りなさいやし」

お袖は気抜けしているようで、その場に座り込むとどこかを見つめている。伊太郎はそんな母親を心配そうに見る。

「おっかさん。どうかしたんですか、おっかさん」

お袖は何も答えない。

「おっかさん」

お袖は気抜けしたまま喋りだした。

「おっかさん……。おっかさん、忠太郎でござんす……。は、はあ〜」

伊太郎は、お袖の肩を揺する。

「おっかさん。何を言ってるんですか。おっかさん、大丈夫ですか」

お袖は我に返ったようだ。

「えっ、伊太郎。お前、どうしてこんなところにいるんだい」

「どうしてって、ここは石川屋ですよ。私がいて当たり前じゃないですか」

お袖はあたりを見回す。

「そ、そうだったわね」

「おっかさん、本当に大丈夫なんですか」

そんなお袖の様子を鋭い目つきで見つめていたお菜が、いきなり――。

「お義母様。握り飯を届けるとか言って、勘十郎さんの芝居をご覧になってたんですね。万造さんが届けたんじゃないんですか」

お袖はとぼける。

「芝居……、さて何のことかしらね」

「今、腑抜けた表情で『おっかさん、忠太郎でござんす』とか口走ってたじゃないですか」

「お菜さん。どうしてそれが芝居の台詞だって知ってるのよ。あなたこそ、石川屋の商いのためとか、もっともらしいことを言っておきながら、芝居を観てたってことでしょう」

「今川座さんはお客様です。そのお客様に芝居を観ていきませんかと誘われたら、無下(むげ)に断るわけにはいきませんから」

　お袖はニヤリとする。

「そうですか。お菜さんは芝居が観たくて握り飯を届けに行ってるわけじゃないのよね。みんなも聞きましたね。それはよかった」

　お袖は金兵衛の顔を横目で見てから――。

「だったら、明日から握り飯は私が届けます。私は今川勘十郎という役者に惚れました」

　驚いたのは金兵衛だ。

「いきなり何を言い出すんだ」

「お前さん。私は今川勘十郎という男に惚れたわけじゃありませんよ。今川勘十郎という役者に惚れたんです。役者を贔屓にするなんて、よくあることじゃありませんか。丸本屋のお内儀さんだって尾上助三郎(おのえすけさぶろう)を贔屓にして、祝儀(しゅうぎ)だ、羽織(はおり)

だって派手にやってますよ。三座と違って今川座には、そんなにお金もかかりませんし、いいじゃありませんか」

お上に許され、定打ちの芝居小屋を持つことができるのは、江戸三座と呼ばれる中村座、市村座、森田座だけだ。

今川座は、寺社の境内に小屋を架けるいわゆる宮地芝居で、三座と比べたら、見料もずいぶんと安い。

金兵衛が「しかし」と言った途端に、お袖は続ける。

「お前さんだって、入江町の寄り合いで旦那衆と呑み食いをした後に吉原に繰り出してるそうじゃないですか。万造は仕事の最中に岡場所に出入りしているそうだし、番頭さんは髪結の女とデキていて、外回りなどと言っては、その女の家で真昼間からよからぬことをしているって噂ですよ」

金兵衛、福助、万造の三人は下を向く。

「私は昨日今日、嫁にきたわけじゃありません。この家に嫁いで二十五年。何の楽しみもなく生きてきました。そんな私が、小さな芝居小屋の役者を贔屓にするくらい何だっていうんですか」

お袖の勢いに気圧（けお）される一同だが、黙ってはいないのがお菜だ。

「ちょっと待ちねえ、おっかさん。い、いや、ちょっと待ってください、お義母様。勘様と石川屋をつないだのは私ですからね」

「何ですか、勘様って。まるで自分のものみたいに」

「いいじゃありませんか。私が最初に唾（つば）をつけたんですからね。横恋慕（よこれんぼ）はやめてくださいい。勘様は私のものなんですから」

「あんた、さっきは『お客様です』とか、ほざいてたじゃないの。勘様はあんた一人だけのものじゃないのよ」

「気安く『勘様』なんて呼ばないでくださいい。勘様をお客様というのは、石川屋の嫁としての気持ちです。ですけどね、お義母様がそういう了見（りょうけん）なら、私にも考えがあります。嫁としてよりも女としての気持ちを優先させますから。今後、お義母様の今川座への出入りは禁止します。芝居を観たいのなら他に行ってください」

「なんで嫁のあんたに、そんなことを言われなきゃいけないのよ」

「トンビに油揚げをさらわれるのは真っ平（まっぴら）ですから」

「私をトンビだっていうの。お前さん、なんとか言ってちょうだい」

困った金兵衛は万造に目をやる。その目は〝万造、なんとかしてくれ〟と訴えている。万造は手をひとつポンと叩いた。

「本来なら、こういうことはお内儀さんを立てなきゃならねえ。だが、今川座との仕事をつないだのはお菜さんでえ。どうです、ここは半々ってことにしちゃ」

「嫌です」

お袖は横を向く。

「私も嫌です」

お菜も反対の方を向く。その場の一同は、揃って下を向いた。


翌日——。

すったもんだの末、お袖とお菜は万造の案に従うことになった。女中のお輝が飯を炊き、お袖、お菜が三十ずつの握り飯を握り、それぞれが今川座に届ける。なんとも効率の悪い話だが、そうでもしなければ埒(らち)が明かない。

米が炊きあがり、厨(くりや)に現れたお袖とお菜は、背を向け合うようにして飯を握る。

お袖が三角の飯を握れば、お菜は俵型に握る。お袖が佃煮を入れれば、お菜は焼き味噌を入れる。お袖が梅干を添えれば、お菜は沢庵を添える。お袖の方が早く石川屋を出ると、お菜は別の道を通ってお袖を追い抜いた。そのお菜を、お袖は吾妻橋で追い抜く。吾妻橋を渡って右に折れてからは、抜きつ抜かれつの鍔迫り合いを演じ、今川座に着いたときには二人とも倒れる寸前という有様だ。

そんなことが続いていたある日のこと。先に楽屋口に着いたお菜を横に押しやって、お袖が声をかける。

「石川屋でございます。握り飯をお届けに参りました」

人の気配がしない。表に回ってみると、昨日まで並べられていた幟がなくなっている。木戸にも人の姿はなかった。お袖とお菜は、そんな今川座を茫然と眺めていた。二人に声をかけてきたのは、隣の見世物小屋の呼び込みだ。

「えらいことになっちまいましたね、今川座さんは……」

お袖が恐々と尋ねる。

「ど、どうかしたんですか」

「食あたりですよ。いやね、昨日の舞台がハネてしばらくしたころですかね。今川座さんが騒がしいので様子を見に行くと、腹が痛えだの、気持ちが悪いだのって大騒ぎでね。何人かは医者に担ぎ込まれたそうで。命に関わるような食あたりじゃねえってことですが」

「そ、それは本当ですか」

「本当も何も、あっしはこの目で見やしたから」

お菜はその男の半纏の襟をつかんだ。

「勘様はどうなりました。今川勘十郎さんです」

「ああ。あの人は特にひどかったそうですよ。看板役者が倒れちまったんですから、芝居を続けることはできないでしょうねえ。せっかくの当たり役だったのに。なんでも、食あたりを起こしたのは、昼に仕出しの握り飯を食べた人たちだってことです。贔屓筋の客と蕎麦を食べに行った役者だけは、何ともなかったって話ですから。食あたりの原因はその握り飯に間違えねえですよ」

お袖とお菜は、抱えていた重箱を同時に落とした。

江戸は風評の町だ。噂はすぐに広がった。

〝浅草の今川座、食あたりで芝居が打ち止め〟

〝食あたりの原因は、入江町の石川屋が仕出した握り飯か〟

そして、噂には面白おかしく尾ひれがつきだす。

〝石川屋の米俵には鼠(ねずみ)の死骸(しがい)が入っている〟

〝石川屋の米は三日コロリならぬ、五日コロリ〟

さらには、お袖とお菜のことにまで言及(げんきゅう)されるようになった。

〝石川屋のお家騒動。嫁と姑の血で血を洗う戦いが生んだ食あたり〟

〝今川勘十郎をめぐるお袖とお菜の陣取り合戦〟

石川屋の手代、定四郎がうなだれて戻ってきた。

「古木屋(ふるきや)さん、越中屋(えっちゅうや)さん、本庄屋(ほんじょうや)さんも、うちの米は要らないと……」

帳簿を閉じた金兵衛は頭を抱える。

「これで十二軒目じゃありませんか。このままじゃ商いは立ち行きません。首を括（くく）るしかありませんな……」

金兵衛は、部屋の隅（すみ）で背中を丸くするお袖とお菜に目をやった。万造が笑った。

「どうです、旦那。おけら長屋にタダで米を配るってえのは。石川屋の米を食っても大丈夫（でえじょうぶ）だって、世間に知らしめることができまさあ」

「馬鹿を言うな。おけら長屋の連中なら、何を食ったって食あたりの方から逃げていくと言われるのが落ちだ」

「違（ちげ）えねえや、わはははは」

「あのう……」

定四郎は小さな声で言った。

「首を括るなら、その前に給金だけはいただきたいのですが……」

女中のお輝も蚊（か）の鳴くような声で――。

「あたしは今日を限りにお暇（いとま）をいただきたいんで。住んでる長屋じゃ、私まで変な目で見られるもんですから。今日までの給金はいただけるんでしょうか」

番頭の福助は畳(たたみ)を叩いた。

「お前たち、お店の一大事に何てことを言うんだ」

丁稚の恒吉が泣き出した。

「私は、私はここに残ります。旦那様、私をここに置いてください」

福助はもらい泣きする。

「お前たち、恥ずかしくはないのか。こんな子供でも石川屋を思う気持ちがあるんですよ。偉いぞ、恒吉」

恒吉は泣き止(や)まない。

「えーん。おとっつぁんとおっかさんが死んで、他に行くところがないからです。一生懸命に働きますから、ここに置いてください。でも、米は他の店から買ったものを食べさせてください。えーん」

「もういい」

金兵衛はポツリと言った。

「この家を売ってでも、お前たちの給金は何とかしますから心配しないでおくれ」

福助の表情は明るくなる。

「本当でございますか。私はこの石川屋に丁稚で入ってから苦節二十八年。あと三年もすれば暖簾分けとなり、えーと……、そのときに五十両をいただけるとすると……」

福助は近くにあった算盤を手に取る。

「えー、石川屋の一大事ですから、勉強させていただきまして……。えーと……」

盛んに指を動かしていた福助は、算盤を金兵衛の方に向ける。

「こんなところで、いかがでございましょうか」

金兵衛は大きな溜息をついた。

松井町の酒場、三祐で呑んでいるのは万造と松吉だ。そこに顔を出したのは聖庵堂の女医師、お満だ。

「聞いたわよ、石川屋さんのこと」

万造は他人事のように笑う。

「池に小石を投げれば波紋が広がるってやつか」

お満は万造の隣に座った。

「それで、どうなのよ」

「ああ。このままじゃ店じまいってことになるだろうよ。おれも新しい仕事を見つけねえとなあ。髪結の亭主なんざいいがなあ」

「私が聞きたいのは、そんなことじゃないわ。食あたりのことよ。今川座に入れた握り飯は、その日の朝に炊いたものでしょう。なのに食あたりなんて考えられない。握り飯に入れた具は何だったの」

「お内儀さんが梅干。お菜さんがしじみの佃煮だ。あとは沢庵ってことだ。じつは、その日の昼飯で石川屋の連中も同じものを食ってるんでえ。だから、石川屋から入れた食い物が原因とは考えられねえ」

お満は不満そうだ。

「それなのに、こんなところでお酒なんか呑んでていいの。今川座の人たちには尋ねたんでしょうね。石川屋さんの入れたものが原因ではないなら、必ず他に何かを食べているはずだわ」

「ああ。石川屋に奉公してるおれが訊くわけにはいかねえから、松ちゃんに調べてもらったよ」

松吉は呑みかけの猪口を置いた。

「軽い食あたりですんだ何人かを訪ねて話を聞いたぜ。食あたりを起こした奴らが食ったのは、石川屋が入れた握り飯と沢庵。それと今川座で作った味噌汁だけだったそうでえ」

「味噌汁の具は何だったの」

「一座の若え奴が買ってきた豆腐だ。この豆腐屋の豆腐を食った奴は大勢いるだろうが、食あたりを起こしたなんて話は聞こえてはこねえ」

「本当に豆腐だけだったのね。他には何も入っていなかったのね」

「おれも同じことを訊いたさ。豆腐だけとはシケた味噌汁じゃねえかって。そしたら、韮が入っていたとか……」

「韮かあ……。珍しいわね。韮は滋養になるから薬用としても使われるんだけど、近ごろでは市中にも出回るようになったからね。韮ねえ。韮……」

お満は何かが気にかかっているようだ。

「どうしたんでえ」

お満は何かを思い出したようだ。

「あれは、半年くらい前だったかなあ。食あたりを起こして聖庵堂に運ばれてきた人がいたの。よく話を聞いたら、水仙の葉を韮と間違えて食べたことがわかった。韮と水仙の葉はそっくりだからね。韮をあまり食べたことがない人だったら味がわからないわ。水仙の葉には毒があってね、食べると食あたりと同じようになる。もし、今川座の人たちが韮じゃなくて水仙の葉を食べたとしたら……。ねえ、もう一度、調べてみてよ。その韮はだれがどこで買ってきたものなのか。もしかしたら、石川屋さんの汚名を晴らすことができるかもしれないわ」

万造と松吉は顔を見合わせて頷いた。

陽が落ちかけて、小さな庭に面した座敷の畳を赤く染めている。お菜はその小さな庭をぼんやりと見つめていた。

そこに足音も立てずにやってきたのはお袖だ。お袖は庭に向かって、お菜と並ぶようにして腰を下ろした。

「大変なことになってしまったねえ」

「お義母様……」

お菜は手拭いで目頭をおさえた。

「私がこの石川屋に嫁いできたのは二十五年前。べつに好いた男がいたわけでもなかったから、親の言うがままに嫁ぐことになってねえ。はじめてうちの夫……、金兵衛の顔を見たときには驚いたよ。何がって、あんな醜男だからねえ。まあ、私も人のことは言えない不器量な女だけどさ。お前さんだって同じだったんじゃないのかい。さすがにうちの夫と私の子供だけあって、伊太郎も醜男だからねえ。いいんだよ、本当のことを言って。もう私たちには意地を張ることも、見栄を張ることも無用になっちまったんだからね」

お菜は手拭いを膝に置いた。

「私は好いた男がいたんですよ。気風のいい人でした。私の実家に出入りしていた大工で、思いを告げることもできなかったけど」

「へえ～。そんな人がいたのかい」

「男前だったんですよ。私はこんな器量だから、思いを告げたところで袖にされただけでしょうけど。でも、おっかさんには、ほのめかしたことがあったんですよ。あの人と一緒になりたいって。そしたら、職人の女房になったって〝呑む、打つ、買う〟で苦労するだけだって。お店の跡取り息子に嫁いだ方が幸せになれるって」

お袖は悲しい笑い方をした。

「それで、ここに嫁いできたってわけかい。お前さんも不運な女だねえ。亭主は醜男だし、姑にはいびられるし。私と同じじゃないか」

「お義母様もお姑さんとは不仲だったんですか」

「不仲っていうよりは、いびられてただけだけどね。返事の仕方から、箸の持ち方まで難癖(なんくせ)をつけられてさ。まったく、亭主ってえのはあてにならないねえ。おろおろするばかりで、守ってくれたことなんかなかった」

「それじゃ、伊太郎さんと同じじゃないですか」

二人は同時に笑った。

「だけど、女っていうのは不思議なもんだねえ。伊太郎が生まれたときに思ったよ。伊太郎に嫁がきたら、私と同じ思いをさせないようにしようって……」

お菜は大笑いをする。

「させてるじゃないですか」

お袖も大笑いをした。

「心配しなくてもいいよ。お前さんも嫁がきたら必ずやるから」

「私もやりますかね」

「ああ、必ずやるさ。間違いないよ。それが女の性(さが)ってやつさ」

夕陽は沈みかけている。

「お義母様、楽しかったですね。今川勘十郎のお芝居……」

「本当だねえ。楽しかった。心が躍(おど)るようだったよ。私たちだって、それくらいの楽しみがあったっていいじゃないか。お菜さんも、そう思うだろう」

「そうですよ。毎日毎日、亭主の醜男面(づら)を見て。たまには様子のいい男の顔を見て、うっとりしたいって思いますよ。それなのに、こんなことになってしまうなんて……」

夕陽を眺めていたお袖は、庭に目線を落とした。

「どうなっちまうんだろうねえ。これから……」

　お菜は何も答えなかった。

「ほんの少し前のことなのに、お前さんといがみ合っていたころが、なんだか懐かしく感じるねえ」

　お菜は小さく頷いた。

「お義母様の嫌味が聞けなくなるかもしれないと思うと、私もなんだか寂しい気がします」

「本当だねえ。気が抜けちまったみたいだよ。さっき夕陽を眺めていたら、金兵衛の母親が死んだときのことを思い出しちまったよ」

「お姑さんが亡くなったときのことを……」

「そうだよ。あの姑が死んだら、さぞ清々するだろうと思ってたんだけど、死に顔を見つめていたら涙が溢れてきてね。自分でも驚いた。なんで泣いてるんだろうって。私の暮らしに張りを与えてくれていたのは、あの人だったのかもしれないねえ」

「私もお義母様が死んだら泣くのかなあ……」

「私を殺さないでおくれよ。でも、金兵衛が首を括るっていうなら一人で逝かせるわけにもいかないねえ」

「お義母様……」

「お菜さん。あんたはまだ嫁にきて二年だし、子供もいない。だから実家に帰りなさい。まだ十分にやり直せる歳なんだからね」

「冗談じゃありません。お義母様一人にいい格好をさせてたまるもんですか。私だって石川屋の嫁ですから」

二人は顔を背け合ったが、その表情は穏やかだった。

四

酒場三祐で何やら話し合っているのは、万造と松吉だ。

「万ちゃん。やっぱりこの話には何かあるぜ。今川座で韮を買った奴はいねえってこった」

「でも、味噌汁には韮が入ってたんだろう」

「ああ。今川座では、衣装だの書き割りだのといった、裏方をやってる梅三郎って野郎が味噌汁を作ってたらしい。この梅三郎が味噌汁を作ろうとして裏に出ると、鍋の横に豆腐と韮が置いてあった。豆腐は梅三郎が買ったもんだ。その横に韮が置いてありゃ、だれかが味噌汁用に用意したと思って、鍋にぶち込むじゃねえか」

「そりゃ、そうだ」

「だがよ、今川座の中には、韮をそこに置いたって奴はいねえ。梅三郎がみんなに訊いたそうだから間違えねえ」

万松の二人は酒で喉を湿らせた。

「女先生が言うように、それが韮じゃなくて水仙の葉だったとすると、何者かが豆腐の横に水仙の葉を置いたってことになるな……」

「今川座の者に、韮と間違えて味噌汁に入れさせるためだ。だとしたら目的は何だろうな」

万造は少し考えてから――。

「今回のことで痛え目に合ったのは、芝居ができなくなった今川座と、食あたりの原因ってことになった石川屋だ」

「つーことは、今川座か石川屋に恨みがあった……、または、今川座か石川屋の商売敵ってことか」

松吉は万造に酒を注いだ。

「石川屋が恨みを買うってことはあるのか」

「あるわけねえだろ。旦那から丁稚まで、ボーッとした野郎ばかりだ。まず、石川屋は関わりねえだろう」

「すると、今川座ってことになるな」

そこにやってきて腰を下ろしたのは島田鉄斎だ。

「韮の話が続いているようだな」

鉄斎には一連の流れをすべて話してある。

「なるほどな。やはり、だれかが豆腐の横に水仙の葉を置いたというわけか」

鉄斎の頬が緩んだ。万造は鉄斎の猪口に酒を注ぐ。

「やはりって、何かあったんですかい」

鉄斎はその酒を呑んだ。

「もしかしたら、つながるかもしれんぞ。昨日、井川先生から聞いた話なのだが……」

井川香月は、おけら長屋の裏に住む物好きな戯作者である。

「井川先生は、谷中の小松座から頼まれて、芝居の台本を書いたそうだ。ところが、この小松座の座員たちは、芝居が下手な上に、稽古もしない。だから客が入らない。井川先生に、客が入らないのは芝居の台本がつまらないからだと、難癖をつけて台本料を約束の半分しか払わなかったそうだ」

万松の二人は大笑いする。

「そりゃ、この小松座の連中の言う方が正しいかもしれねえなあ、松ちゃん」

「あははは。違えねえや。それで井川先生はどうしたんで」

鉄斎は猪口を置いた。

「怒って、小松座とは縁を切ったそうだ」

松吉が鉄斎に酒を注ぐ。

「その話が、どこにどうつながるんですかい」

鉄斎は心持ち、声を小さくした。

「この前、韮の話を聞いて、私も考えた。今川座と石川屋、またはそれに関わる人たちを恨んでいる者がいるのではないかと。まず、思い浮かぶのは同業の者だ。だから、それとなく井川先生に訊いてみたのだ」

「井川先生は何と……」

「井川先生は、小松座の楽屋に出入りしていた。小松座の座頭、梶原沖之丞（かじわらおきのじょう）が若い座員と話しているのを聞いたそうだ。今川座がなくなれば、こっちにも客が流れてくるとな。実際に今川座が休座になってから、小松座の客足は伸びたそうだ」

　万造と松吉は顔を見合わせた。

「そういやあ、今川座は勘十郎人気で大入り満員が続いているが、他の芝居小屋は閑古鳥が鳴いてるって話だったからなあ」

「臭（にお）うじゃねえか。その小松座……」

「それだけではないのだ」

　万松の二人は鉄斎の言葉を待つ。

「水仙の葉が毒になるという話は、井川先生が教えたそうだ」

「そりゃあ、どういうこって」

鉄斎は酒で喉を湿らせた。

「小松座の楽屋に水仙の花が飾ってあったので、水仙の葉には毒があり、韮と間違えて食べると食あたりを起こすと話したそうだ。井川先生は物知りだからな」

松吉は、得意げに話す井川香月の姿を思い浮かべた。

「あの先生のこった。面白おかしく語ったんでしょうよ」

「こりゃあ、間違えねえな。豆腐の横に水仙の葉を置いたのは、小松座の奴らだ。畜生、どうしてくれようか」

鉄斎は頷いた。

「だが、その証がない」

万造は膝を叩いた。

「よーし。井川先生も仲間に入れようじゃねえか。奴らの悪事を暴いて、懲らしめる筋書を書いてもらうんでさあ。あの先生は酔狂なものを書かせたら天下一でえ」

「おけら流〝仇討ち芝居〟の幕開けってことか。こらあ、しばらく楽しめそうだぜ」

松吉が三つの猪口に酒を注ぎ、三人はその猪口を合わせた。

万造は石川屋の座敷で、お袖とお菜と対面している。

「ご機嫌はいかがでしょうか」

お袖は苦笑(にがわら)いを浮かべる。

「いいわけがないだろう。何か面白い話でもあるのかい。ぜひ聞かせてもらいたいねえ。気が滅入(めい)って仕方ないからね」

万造はニタリとする。

「じつは、お二人に手伝ってほしいことがあるんでさあ。石川屋の、ひいてはお二人の汚名を晴らしたいと思いやしてね」

「汚名を晴らす……」

お袖とお菜は同時に言った。

「その通りで。必ず、石川屋とお二人の汚名を晴らしてみせますぜ。ただし、あっしの言うことを守ってもらいてえ。どうです、やりやすか」

お袖は前に出ると、万造の両襟(りょうえり)をつかんだ。

「万造。こういうときに役に立つのは、お前だけだと思ってたんだよ。他の連中はあてにならないからね」

お袖は両襟をつかんだまま――。

「やるよ。何だってやる。私に失うものは何もないんだから」

お菜も一歩、前に出た。

「私もやります。約束も守ります。このまま引き下がれません」

万造は、お袖の手を襟元から引き離す。

「よし。決まった。なぜ、こんなことをするのかって訊くのはなしですぜ。お二人は、おれの言う通りにやってくれればいいんで。旦那と番頭さんには内緒だぜ。ようござんすね」

お袖とお菜は大きく頷いた。


小松座の楽屋の隅でひそひそ話をしているのは、座頭の梶原沖之丞ともっとも格下の役者、犬千代(いぬちよ)だ。

「さっき、私宛(あ)てに文(ふみ)が投げ込まれた。差出人の名はない」

沖之丞はこっそりと、その文を犬千代に見せた。

《ニラみを　きかす　ものがいる》

犬千代は首を捻る。

「なんですかい、これは……」

「睨(にら)みを利かす者がいる……。つ、つまり、私たちに睨みを利かせている者がいるってことだろう」

「それは、どういうことで」

沖之丞は文を犬千代の顔に近づける。

「〝ニラ〟だけが平仮名じゃないだろう」

「ニラ……。ニラ……。つ、つまり、例のことを知ってる奴がいるってことですかい」

「馬鹿野郎、声がでかい」

犬千代は小心者らしく、顔が真(ま)っ青(さお)になった。

「だ、だれだか知らねえが、訴え出られたら大変なことになりますぜ。座頭、勘弁してくだせえよ。あっしは座頭に言われるがまま、韮を置きに行っただけなんですからね。あっしはあれが、水仙の葉で毒があるなんてことは知らなかったんですから」

「水仙の葉を置いたのは、お前さんだ。自分だけ助かろうたってそうはいかないよ。お縄になりゃ、お前も島送りだ」

「そ、そんなあ……」

沖之丞は文を懐にしまった。

「慌てるな。この文を書いた奴が、どこまで知ってるのか……。証があるなら訴え出てるはずだ。私たちを揺さぶるつもりなのかもしれない。いいか、犬千代。浮足立つんじゃないぞ。それこそ相手の思う壺だ」

強気な表情を見せた沖之丞だが、指先は微かに震えていた。

翌日――。
芝居がハネて、楽屋で着替えていると、沖之丞のところに座員がやってきた。

ですよ」

「座頭。裏口に八百屋がやってきまして、籠にあるものを買ってくれって言うん

沖之丞は着物の帯を解きながら面倒臭そうに――。

「そんな者は適当に追い返せばいいだろう」

「それが、どうしても座頭に買ってもらいたいそうで。あっしも追い返そうとしたんですが、言ってることが通じないようで……」

仕方なく、沖之丞は裏口に向かった。

「お前さんかい。八百屋っていうのは。見てわかるだろう。ここは芝居小屋だ。八百屋なんかに用はないんですよ。帰っておくれ」

その八百屋に動じる様子はない。

「芝居小屋って何だ。おいらは八百屋だぞ。ここはどこだ。おめえはだれだ」

八百屋の足下には振り分けが置かれている。ひとつの籠には大根、唐茄子（かぼちゃ）が入っており、もうひとつの籠には韮が山積みされていた。沖之丞の頭には昨日の文がよぎる。

「おめえさんは、どこから来た八百屋だ、名はなんという」

八百屋はしばらく考え込んでから——。

「どこから来たかだと……。それは、おいらにもわからねえ。コウモリだけが知っている。おいらの名前か。お前は、おいらの名前を知らねえのか」

「当たり前だろう。お前さんと会うのは、はじめてだからな」

「おめえが知らねえなら、おいらも知らねえ。あっ、おいらのことを〝金太〟って呼ぶ人がいたなあ。だとすると、おいらの名前は土左衛門かもしれねえ」

沖之丞の背中には冷たいものが走った。昨日の文に関わりのある者かもしれない。それにしても驚くべき度胸の持ち主だ。並みの芝居でできるものではない。犬千代が様子を見に来た。

「座頭。どうかしたんですかい」

八百屋は犬千代のことなど眼中にない。

「韮を買ってくれ。おいら、韮を売るのははじめてだ。おめえは韮が好きだって、かわら版に書いてあったぞ」

八百屋は大根を手に取った。

「ほら、韮だ。この韮を買ってくれ。おいらは、土左衛門だ。おめえはだれだ」

「そ、それは、大根だろう」

「これは、唐茄子だ」

「今、韮と言ったばかりじゃないか」

「コウモリだけが知っている」

沖之丞は犬千代の耳元で囁く。

「韮だの、かわら版だのと言って、おれたちを追い込むつもりだ。いいか。その手に乗るんじゃねえぞ」

犬千代の身体は震えている。八百屋は手に持った大根を差し出す。

「ほら、韮だ。ひとつ六文だ。ふたつ買ったら、五両にしてやるぞ。どうだ」

沖之丞は低い凄みを利かせた声で――。

「お前さん。私を揺すろうってえのかい」

八百屋は大根を前後に揺すった。

「おいらは唐茄子を揺すっている」

沖之丞は八百屋を睨みつけた。

「とにかく、八百屋に用はない。帰っておくれ」

八百屋は笑った。それがまた不気味だ。

「それじゃ、おいらは帰るぞ。覚悟しておけ」

「何を覚悟しろというんだ」

「コウモリだけが知っている」

八百屋は裏口から楽屋に入ろうとする。

「な、なんで、こっちに入ってくるんだ」

「帰り道はこっちじゃねえのか。それでは、こんにちは」

八百屋は背を向けると、振り分けを担いで消えていく。沖之丞と犬千代は青ざめる。

「ざ、座頭。『コウモリだけが知っている』って何ですかね」

「コウモリって生き物は、暗闇を飛ぶ。暗闇でも私たちを見逃さないってことかもしれない……」

犬千代は泣きそうな表情になる。

「ざ、座頭。や、やっぱり、奉行所に申し出た方がいいんじゃねえですか。食あたりだけで死んだ者はいねえ。韮だとばかり思っていて、水仙の葉だとは知らなかったと言えば、軽いお咎めで済むかもしれねえ。あっしが今川座を覗きに行って、そのへんに忘れてきたって言いやすから」

沖之丞は唇を噛んだ。

「まだ、私たちがやったと明らかになったわけじゃないだろう。申し出たところで、下手をすれば島送りだ」

「ですが、投げ文といい、今の八百屋といい、奴らの調べはついてるんですよ。このままだと間違えなくお縄になっちまいますぜ。だったら、その前に申し出ちまった方が……」

「馬鹿を言うな。お前は自分の方が軽い罪で済むと思っているから、そんなことが言えるんだ」

翌日——。

芝居がハネてから楽屋を訪ねてきたのは、二人の女だ。

沖之丞は、この二人が客席にいたのを、舞台から見ている。芝居を観た客が、終演後に祝儀を持ってくることはよくあるので、沖之丞は愛想よく二人を迎え入れた。

二人が差し出された座布団に座ると、計ったように犬千代が茶を出す。年配の女が頭を下げた。

「素晴らしいお芝居を拝見いたしました」

今日の芝居は、理不尽な仕打ちで斬り殺された侍の母親と嫁が、仇を捜して諸国を放浪し、見事に討ち果たすという物語だ。

返り討ちにあって息絶える母親と、その義母を抱く嫁の場面が見せ場となっている……、のだが、芝居の下手さに欠伸をする客もいた。

「それはそれは。喜んでいただけて幸いでございます」

年配の女は自分の名を「袖」と名乗ってから、隣の若い女に目をやる。

「これは、嫁のお菜と申します」

お菜も、お袖と同じように頭を下げた。

「私も義母と同様、冥途の土産に素晴らしいお芝居を拝見いたしました」

沖之丞は「冥途……」と繰り返した。お袖は、お菜を睨みつける。

「お菜。余計なことを言うんじゃありません」

お袖は、帯の間から小さな紙包みを取り出すと、前に置いて沖之丞の方に滑らせた。

「これは、ほんの気持ちでございます。お納めくださいまし」

芸の世界で祝儀を拒む者はいない。かえって無作法になる。沖之丞はその紙包みを手に取って拝むと、懐にしまった。

「お二人は芝居がお好きなようでございますな」

お袖は頷いた。

「ええ。小松座さんには申し訳ございませんが、つい先日までは、今川座さんに通っておりました」

「今川座さんに……」

「この嫁が、今川座の今川勘十郎さんを贔屓にしたいなどと申しましてね。私も嫁に連れられて芝居を拝見して、すっかり勘十郎さんを気に入ってしまったのです。私どもは入江町で米を商っておりますが、そんなご縁で今川座さんに握り飯を納めさせていただくことになったのです……」

話を聞いていた犬千代が言葉を挟む。

「も、もしかして、食あたりを……」

そこまで言うと、犬千代は自分の口をふさいだ。

「その通りでございます。今川座さんにはご迷惑をおかけしてしまいました。お詫(わ)びのしようもございません。どうやってお詫びをしようか悩んでおりましたが……」

「お義母様っ」

お菜がお袖の袖を引っ張った。

「うちの米で食あたりを出した話は広がり、得意先からは出入りを止められ、商いも立ち行かなくなりました。そんなわけで、暖簾を下ろすことになりましてね。明日には、うちの夫(ひと)と私、そして倅(せがれ)とこの嫁の四人で、西の方に旅立つことにしました。この嫁には一緒に来なくていいと言ったんですがねえ。まだ若いんですから」

「お義母様、私も一緒に行かせてください」

お菜は目頭をおさえた。

「そ、そうでしたか……。そ、そんな難儀(なんぎ)をされている方から、ご祝儀など頂(ちょう)

戴することはできません」

沖之丞は懐から紙包みを取り出した。

「いえいえ。それはお納めくださいまし。私たちにはもうお金は要りませんので。最後に、もう一度だけ芝居を観たいと思いましてね。いい思い出ができました。最後の場面はよかった……。姑と嫁が力を合わせての見事な仇討ち。姑は死んでしまいましたが、満足だったと思います。私にはわかるんです。姑の気持ちが。思い返せば、私たちは仲のよい嫁と姑ではありませんでした。事あるごとに、どうでもよいことでいがみ合って。罰が当たったのかもしれませんね。それでは……」

お袖は、泣き続けるお菜の身体を抱き起こすようにして立ち上がると、楽屋から出ていった。

犬千代はうろたえる。

「座頭、死ぬ気ですよ。あの一家は死にますよ。西の方へ旅立つって極楽浄土のことですよ。ど、どうするんですか」

「どうするって……」

「あっしたちが置いた水仙の葉のせいで、何の罪もねえ人たちが、自ら命を絶とうってんですよ。そんなことになったら、こっちも獄門台ですぜ。いや、そんなことじゃねえ。人としてそんなことは許されねえ。許されねえですよ」

犬千代は楽屋から飛び出していった。


五日後。石川屋の昼飯どき――。

万造は握り飯を片手に、箸でつかんだ茄子の漬物を口に放り込む。

「それで、小松座の犬千代って野郎はどうなったんで」

伊太郎は奉行所から戻ったばかりだ。

「犬千代は、それが水仙の葉であることも、毒があることも知らなかったそうだ。だが、すぐに名乗り出なかったことは罪になる。五十回の敲き刑で昨日、放免になったそうだ」

「梶原沖之丞の行方はわからねえんですかい」

「そのようだ。役人は、もう江戸にはいないだろうと言っていたよ」

犬千代が奉行所に名乗り出ると見切った沖之丞は、楽屋から姿を消して、そのまま行方知れずとなった。

「まあ、石川屋の汚名も返上できて、お得意様も戻ってきてくれたんだから、すべてが丸く収まったってことでぇ」

金兵衛はお袖に尋ねる。

「今川座は明後日から芝居の幕を開けるそうだな。握り飯はどうするんだ」

お袖の表情（かお）は険（けわ）しくなる。

「もう、握り飯はこりごりです。ねえ、お菜さん」

「ええ、お義母様。私もこりごりです」

今川勘十郎が「不器量な嫁と姑の握り飯で食あたりを起こした。〝あたる〟のは芝居だけでたくさんだ」と言いふらしたのが、二人の耳にも届いていたからだ。

お袖は茄子の漬物に箸を伸ばしながら――。

「もう、芝居だって観に行きません。ねえ、お菜さん」

お菜も、その皿に箸を伸ばす。

「ええ、お義母様……。えっ、あっ。もうない……。私はひと切れも食べていないのに」

お袖は、その漬物を箸で挟んだまま笑った。

「大切な嫁には食べさせないのさ」

目を合わせて微笑み合うお袖とお菜を眺めながら、万造は握り飯に齧りついた。

本所おけら長屋（十五）　その四

ふゆどり

一

奥州街道を南に向かって歩く一人の男――。

背割り羽織に野袴、手甲、脚絆に菅笠をかぶり、大小の刀には緑色の柄袋をかぶせ、背中から腰にかけては網袋を背負っている。

一点を見つめ、背を伸ばし、きっちりと同じ歩幅で歩いていく様は、その男の気質を表しているように思えた。歳はまだ若い。

男は昨日、宇都宮宿にある剣術道場を訪れている。そこで男は「鳥居涼介」と名乗った。

「旅をしながら、剣の修行を積んでいる者でござる。一手ご指南をお願いしたい」

昨今は、道場破りまがいの無頼漢も多い。対応した道場の者は困惑したようだが、表情には出さない。剣術道場としての面目があるからだろう。

「して、貴殿の流派は……」

「小野派一刀流でござる。北上傑丹先生の下で修行をした若輩者でござる」

鳥居涼介の流派は、弘前城下に伝わる當田流で、一刀流ではないが、母方の祖父から一刀流のさわりを伝授されている。剣術道場は他流派との手合わせを禁じていることが多いので、事前に調べておいたのだ。

北上傑丹は、この道場主の師匠の兄弟子にあたる剣客だ。もちろん、鳥居涼介は北上傑丹と面識はない。北上傑丹の名を出せば、無下に断られることはないだろうとの読みだ。

「拙者は道場破りの類ではござらぬ。未熟な我が剣術を高めるためでござる。先を急ぐ身ゆえ、一手ご指南いただいて、すぐに失礼いたす所存。ご迷惑をかけるつもりはござらぬ。なお、手合わせは竹刀でお願いしたい」

道場の者は安心したようだ。涼介は道場に通された。

相手をしてくれるのは道場主ではなく、その高弟と名乗った。涼介にしてみれば、強ければ相手はだれでもよい。江戸に着くまでに、己の剣の腕がなまらないようにするため。そして自信を揺るぎないものとするための手合わせだからだ。

　竹刀を構えた相手は、それなりの修行を積んだ者のようだ。数人の門弟たちが見守るなか、涼介は當田流と悟られぬように、一刀流の構えをする。

　しばらく二人は間を取り合っていたが、涼介は相手の竹刀の先が微かに動いたのを見逃さない。相手が、打ち込みたくて気持ちが急いている証拠だ。

　涼介は手元をしぼり、剣先をわずかに落とす。相手に隙と見せて誘い込むためである。相手が打ち込んできた。涼介はその竹刀を払う。相手の身体は左に流れ、隙ができた。

（ここだ）

　涼介は心の中で叫んだ。だが、涼介は打ち込まなかった。

　頭の中には、自分の竹刀が相手の脳天をとらえる絵が浮かんでいる。それだけで充分だ。相手に痛みや屈辱を与えること、ましてや己の力を見せつけることなどは無用だ。

　二人は再び構え合う。

「待った」

涼介は、構えを崩(くず)すと一歩下がり、深々と頭を下げた。

「まいりました。竹刀の鋭い動きをかわすのが精一杯でござった。己の未熟さを痛感いたしました」

高弟も構えを解(と)くと、軽く頭を下げた。

「貴殿こそ、私の竹刀をいとも容易(たやす)く払うとは、なかなかの腕前でござる。どうぞ、こちらに。茶でも差し上げよう」

門下生たちは高弟を尊敬の眼差(まなざ)しで見つめた。

高弟は涼介に茶を勧(すす)める。

「旅をしていると聞きましたが……」

「はい。剣客としての修行でござる。剣の腕、そして己の心を鍛(きた)えるため、諸国を旅しております」

「それは、終わりのない旅ですかな」

「さあ。それはわかりません。とりあえずは、江戸を目指そうと思っております」

高弟は、小さな紙包みを涼介の前に置いた。

「これは……」

「私も貴殿と同じ年頃には、修行の旅に出ました。奥州街道から江戸、そして東海道……。懐かしいですなあ。勝ったり負けたりの繰り返し。多くの剣客から様々なことを学びました。ですが、辛いこともありました。それは……」

高弟はここで茶を啜った。

「路銀です。修行とは申しても、先立つものは金です。空腹に耐えたことも、古寺などで凍える夜を過ごしたこともありました。今となってはよい思い出ですが。貴殿も同じような旅をしているかどうかはわかりませんが、路銀の足しにしていただきたい。剣客としてまっとうされることを、陰ながら祈念しております」

涼介にとっては、ありがたい話だった。高弟の言う通りだったたからだ。涼介が相手を打ち据えずに引いてみせたのには、もうひとつ理由があった。そうすれば相手は剣客としての面目を保てたことで満悦し、寸志を差し出すことがあるからだ。

涼介には、相手を騙している気などまったくなかった。

打ち据えられて門弟たちの前で恥をかくよりは、比べものにならぬ小さな出費であろう。涼介には江戸に辿り着くまでの路銀が要る。涼介は心から感謝して、その寸志を頂戴した。

その夜、宿場の外れにある安宿に草鞋を脱いだ涼介は、裏山に続く細い道を歩き、手ごろな草むらを探した。

そこで肩に襷をかけると、刀を抜く。目を閉じて正眼に構えた涼介はしばらく動かない。心が無になるのを待っているようだ。

目を開いた涼介は別人のように見える。いや、それは人ではなく、獣だ。身体中の力を丹田に集め、刀を振り下ろす。それから當田流の形を何度も繰り返した。

その気迫に圧倒されたのか、先程までうるさかったカラスの鳴き声も聞こえない。聞こえてくるのは刀が空を斬る音だけだ。

涼介は再び目を閉じた。

瞼の裏にはまだ見ぬ〝相手〟の姿が浮かぶ。のっぺらぼうの顔には眼光だけが見えていた。その相手の剣の動きを読んで、刀を振り下ろす。瞼の裏の相手は、涼介の刀を巧みにかわす。涼介も両足で飛び上がると、相手の剣をかわし、走り、草むらを転がり、刀を振り続けた。

息は乱れていない。勝負が長引いたとき、息が上がれば剣が乱れる。そして、集中する気持ちを切らさない。集中が切れたら、そのときは己が死ぬ。

涼介は無心になるまで、草むらで刀を振り続けた。

竪川に架かる二ツ目之橋の上で酒を酌み交わしているのは、万造と松吉だ。

「何をやってるんでえ。物乞いの真似事か」

通りかかったのは大工の寅吉だ。

「こうやって橋の上で胡坐をかいてよ、川面を眺めながら酒を呑むのも乙なもんだぜ。なあ、松ちゃん」

「おめえにはわからねえだろうなあ、こういう風流がよ。まあ、別の言い方をすりゃ、店に入って呑む銭がねえだけだが。わはははは」

寅吉は呆れ返る。

「あのなあ、橋の上に座って、前に茶碗を置いてりゃ、だれだって物乞いだと思うじゃねえか」

万造は大笑いをする。

「わははは。違(ちげ)えねえや。さっきも、どこぞのガキがこの茶碗に一文(もん)、放り込んでいったからよ」

「物乞いってえのは、なかなかいい商売(しょうべえ)かもしれねえなあ」

寅吉は肩に担(かつ)いでいた道具箱を下ろす。

「おめえたちには恥ってもんがねえのか」

「固(かて)えこたあ言わねえで、おめえもここに座れ」

万造は寅吉の半纏(はんてん)の裾(すそ)を引っ張ると、無理矢理に座らせ、松吉は茶碗を握らせる。

「まあ、一杯(いっぺえ)やれや」

松吉がその茶碗に酒を注(つ)ぐと、寅吉は迷惑そうな顔をして口をつける。万造はいつになく真面目(まじめ)な口調で――。

「なあ、寅吉さん。こうして物乞いという立場から世間というものを眺めていると、いつもは見えないものが見えてくる気がしないか」

寅吉は酒を吹き出した。

「聞いたふうなことを言いやがって。そりゃ、いつも上から世間を見てる奴の台詞だろう。おめえたちは、下からしか見たことがねえじゃねえか」

「わははは。一度、鉄斎の旦那みてえな台詞を言ってみたかったのよ……。な、なんでえ……」

竪川沿いで何かが起こったようだ。

「お、おい。ありゃ、おけい婆さんの屋台じゃねえか」

おけい婆さんは、孫のおたま、そして孤児だった京太と、回向院の近くで煮売りの屋台を出している。商いが終わった帰り道なのかもしれない。

「お代を払えって言ってるんだよ」

「今度、払うと言ってるだろう」

「端から払う気なんざ、なかったんだろう。年寄りだと思って舐めるんじゃないよ。ほら、早く払いなよ。四文ぽっちの銭も持ってない貧乏侍だっていうのかい」

おけい婆さんは、三人の浪人に難癖をつけられているようだ。おけい婆さんは気が強くて口が悪い。相手がだれだろうと決して怯まない。

酒で顔を赤くした浪人は、齧りかけの芋を地面に叩きつけると、雪駄で踏みにじった。

「こんな芋が四文だと。ふざけるな」

「そりゃ、こっちの台詞だよ。このおけい婆さんの作った芋煮はな、一度食っちまったら三日はあけられないって名代の代物だ。この味がわからないほど酔っぱらっちまってるなら、早いとこ四文払って帰って寝ちまいな」

浪人は刀を抜いた。その後ろでは、二人の浪人がにやけた表情で見物している。

「武士を愚弄しおって。許さん」

おたまは「婆ちゃん」と声を上げた。だが、おけい婆さんは悠然としている。

「武士だと……。笑わせるんじゃないよ。斬れるもんなら斬ってもらおうじゃないか。お前さんだって、天下の往来で刀を抜いて人を斬ったとあっちゃ、ただじゃ済まないよ。それとも、こんな婆と刺し違えるほど、ちっぽけな男なのかい」

松吉と万造と寅吉は近くに駆け寄った。

「まずい。このあたりで噂（うわさ）になってる破落戸（ごろつき）連中でえ。刀を抜いた手前、浪人もこのままじゃ格好（かっこう）がつかねえ。それにだいぶ酒が入（へえ）ってるみてえだ。何をするかわからねえぞ。どうする、松ちゃん」

「寅吉。おれが合図をしたら『役人が来た』と大声で叫べ。浪人がそっちに気をとられてる隙に、万ちゃんとおれが、おけい婆さんを逃がす。後は野となれ山となれってやつよ」

浪人は刀を振りかぶった。松吉が寅吉に合図を送ろうとするが……。

おたまは顔を両手で覆（おお）う。

「と、寅吉がいねえ。あ、あの野郎。逃げやがった」

「見苦しい真似はやめなされ」

一人の若侍が浪人の前に立ちはだかった。

「どけ。どかぬと斬る」

「老婆一人に刀を振り上げるとは、武士にあるまじき振る舞い。恥ずかしいとは思いませぬか」

「黙れ、若造。どかぬと本当に斬るぞ」

「貴殿に拙者を斬ることはできません……」

「こしゃくな」

浪人は刀を振り下ろした。若侍は左手で刀を鞘ごと引き上げると、柄頭でその刀を撥ね上げる。浪人の刀は空高く弧を描いて飛び、竪川に落ちて消えた。若侍は目にも止まらぬ速さで刀を腰に戻す。浪人はよろけるようにして後ろに下がる。若侍は刀に手をかけたまま、浪人に歩み寄ると、三人の浪人はそのまま走り去った。

「一昨日きやがれ、サンピンが」

「ざまあみろってんだ」

三人に石を投げつけた万造と松吉は、おけい婆さんに駆け寄る。

「相変わらず無茶をしやがるぜ」

「ばっさりやられるところだったんだぜ」

おけい婆さんは、心配する松吉の手を払い除けた。

「見てたんなら助けに来い。相変わらず役に立たない野郎どもだよ」

「そっちこそ、相変わらず口の減らねえ婆だぜ。ありゃ、北森下町あたりを根城にしてる質のよくねえ浪人どもだ。難癖をつけて呑み代を踏み倒したり、さんざっぱら悪さをしてるらしいぜ」

「呑み代を踏み倒すなら、お前たちと同じじゃないか」

「お、おれたちは、払いてえけど金がねえだけでえ。まったく、口の減らねえ婆だぜ。今だって、ちゃんと助ける段取りはできてたんでえ。なあ、松ちゃん」

「おうよ。それなのに、このお武家さんが……って。この、お武家さんがいなかったら大変なことになってたんだぜ」

万造と松吉は、その若侍に頭を下げる。

「ありがとうごぜえやした。この婆の残り少ねえ命を助けてくださいやして」

「お礼に、くそ不味い芋の煮っ転がしなどはいかがでしょうか」

おけい婆さんは、万造と松吉の頭を思い切り平手で叩いた。

「お侍さん。ありがとうよ。何のお礼もできねえが、芋の煮っ転がしでも食べておくれ。くそ不味くはねえからよ」

その若侍は右手で腹をおさえた。

「それはありがたい。遠慮なく頂戴いたす」

京太が皿を出すと、おたまが芋を三つのせて、若侍に差し出した。

「婆ちゃんを助けてくれて、ありがとうございました」

若侍の目には芋しか映っていないようで、おたまから皿と串を受け取ると、言葉もないままに口に運んだ。

「う、美味い。こんなに美味い芋の煮っ転がしは食べたことがない」

若侍はその芋をむさぼるように食べた。その様子から、この若侍が空腹であったことはだれにでもわかる。

松吉は目でおたまを促す。おたまは別の皿に煮込んだ豆と大根を盛って、若侍に差し出す。若侍は、その皿のものもあっという間に平らげた。

「お侍さん。その形からすると旅の途中ですかい」

若侍は万造の問いには答えなかった。

「すまぬが、尋ねたきことがある。この近くに誠剣塾という剣術道場があると聞いたのだが……」

万造と松吉は、顔を見合わせた。

「知ってるどころじゃねえ。そこの林町でさあ。もう着いてるようなもんですぜ」

「その通りで。この竪川沿いにありやす。誠剣塾に行くんですかい。それなら、あっしたちがご案内いたしやしょう」

温和だった若侍の表情が引き締まった。

「それには及ばぬ。馳走になった。失礼する」

若侍は会釈をすると、林町に向かって歩き出した。

「何か気になるな」

「ああ。おれもだ」

万造と松吉は、少し離れて若侍の背中を追った。

誠剣塾の奥にある座敷でお茶を飲んでいる島田鉄斎のところに、門下生がやってきた。

「島田先生。客人です」

鉄斎が「客人……」と呟くと、門下生がつけ加えた。

「旅姿の若い武家です」

思い当たる人物が浮かばないまま、鉄斎は立ち上がった。

若侍は入口の土間に直立していた。鉄斎に見覚えはない。

「島田鉄斎ですが……」

若侍は、しばらく鉄斎の顔を見つめていた。

「津軽の黒石藩で剣術指南役を務めておられた、島田鉄斎殿でござるか」

「いかにも。もう、昔のことですが。あなたは……」

若侍は「鳥居涼介と申す」と言って、一礼した。

「とりあえず、お上がりください。話は奥でお聞きしましょう」

鉄斎は鳥居涼介を奥の座敷に案内した。二人は向かい合って座る。

「鳥居殿とおっしゃいましたね。旅の方のようにお見受けしますが」

「はい」

涼介に詳しいことを語る気はないようだ。

「それで、私にどのような用件が……」

涼介は少しの間をおいてから――。

「真剣の勝負を申し込みに参りました」

鉄斎は予期せぬ言葉に面食らった。

「真剣の勝負……」

「そうです」

「物騒な物言いですな。それは、どちらかが命を落とすという勝負ですか」

「その通りでござる。もし、拙者が勝ったときには、島田殿の刀を頂戴したい」

「私の刀を……」

「道場破りが道場の看板を持ち去るのと同じでござる。拙者が島田殿を倒した証に刀を頂戴いたす」

鉄斎は困惑する。

「理由をお伺いしたい。面識のないあなたと私が、なぜ命を懸けた勝負をしなければならないのか」

「それは……」

涼介は一度、口籠もったが――。

「それは、島田殿と拙者が剣客だからでござる」

「ならば、剣客は命がいくつあっても足りませんな」

涼介の表情は険しくなる。

「島田殿は、かつて黒石藩で剣術指南役をされていた。いわば、剣に生きてきた方です。立ち合いを挑まれれば受けるのが剣客の定めでござる。拙者はそのつもりで剣の修行を積んでまいった」

鉄斎は苦笑いを浮かべる。

「困りましたな。私は剣術指南役を辞しています。今は剣客ではありません」

「しかし、こうして剣術道場におられる。ここで指南役をお務めになっているのではありませんか」

誠剣塾の門下生が茶を置いていった。

「滅相もない。私はこの剣術道場の居候です。他の方に挑む気もないし、挑まれるのも迷惑です。ましてや、あなたと真剣で勝負をする気など、毛頭ありません」

涼介は、茶に手をつけるつもりはないようだ。

「つまり、逃げるということですか」

「逃げる……。そうかもしれませんな。人を斬りたくもないし、斬られたくもない。ただ、それだけのことです」

涼介は、横に置いてあった刀をつかんだ。

「拙者は諦めません。島田殿が真剣での立ち合いを受けると言うまで、何度でもお伺いいたします」

涼介は一礼すると、座敷から出ていった。

しばらくして、座敷にある小さな縁側から姿を見せたのは万造と松吉だ。

「やっぱり、旦那の知り合いだったんですかい」

鉄斎は溜息をついた。

「いや、会ったことがない男だ」

「無骨だが、いい人ですよねえ」

万松の二人は鉄斎に、おけい婆さんの一件を話した。

「それで、その、会ったこともない男が、旦那に何の用があったんですかい。思い詰めたような表情で出ていきやしたけど」

鉄斎は鼻の頭を掻いた。

「私に真剣での勝負を挑んできた。命を懸けた立ち合いだ」

万造と松吉の背中には、冷たい汗が流れた。

二

鳥居涼介は二十四年前に、津軽にこの人ありと謳われた刀鍛冶、杉野匠巳の三男として生まれた。

津軽は古来、製鉄が盛んな場所で、鍛冶技術が切磋琢磨された土地柄である。杉野家は黒石で二百年続く刀工の家柄であったが、匠巳の技量はその中でも抜群との評判であった。

杉野家は代々、津軽藩主に刀を献上していたことから、苗字を名乗ることも帯刀も許されていたが、武家ではなかった。

だが、刀鍛冶は百姓や職人、商家とも違う。武士の刀に魂を入れる、いわば聖職であった。

父の匠巳は、年老いてから思いがけずに得た三男の涼介を愛し、可愛がった。

涼介も名工である父を尊敬していたが、父のような刀工になるのではなく、父が打つ刀にふさわしい剣客になりたいと願うようになった。

父も、そんな涼介の望みを否定しなかった。すでに長男も次男も刀工となり、杉野家の家業は安泰である。涼介が剣術を学べるよう、取り計らってくれた。

涼介には剣術の才があったようで、十歳を過ぎると、大人に交じっても遜色ない腕前になった。

剣術だけではなく、聡明で実直な気質だったことから、十二歳のときに、黒石藩馬廻役の鳥居家から養子縁組の声がかかった。二年前に涼介と同い年の嫡男が急死したため、涼介に声がかかったのだ。

養子となった涼介は鳥居家の家督を継ぐため文武に励んだ。ことに剣術への力の入れようは並みではなかった。

だが、涼介が元服前の十五歳のときに、義父の鳥居又十郎が失脚し、自害してしまった。涼介は家督を継げないまま、鳥居家は断絶となった。

父の匠巳や兄姉たちも、戻ってくるようにと勧めてくれたが、涼介は、このときに剣客となることを決意する。それは自らに与えられた道であるような気もしていた。

涼介はそのまま鳥居の姓を名乗り、剣術修行の旅に出ることにした。

黒石は津軽と南部を結ぶ要衝として栄え、街道筋には旅籠や酒造、商家などが軒を並べる趣のある町だ。涼介はそんな黒石が好きだった。浅瀬石川の河原から望む岩木山は壮大でもあり、また美しくもあった。

鶴が傷を治したという温湯温泉は、剣術の稽古で極限まで追い込んだ心身を癒してくれた。野菜や山菜、凍豆腐などを細かく刻んで煮込んだ〝けの汁〟は涼介が大好きな郷土料理で、凍え切った身体を温めてくれた。涼介は十六歳になった春、そんな黒石に別れを告げた。

諸国を旅して、これはと思った剣術道場で長逗留が許されると、そこで剣術を学びながら働いて金を蓄え、また旅を続ける。出羽から越後、越中、加賀、越前、若狭を経て京に至り、東海道を下って江戸に到達した。そして奥州街道を北上し、黒石に戻ったときには、五年の歳月が流れていた。

そして涼介は、嫁いだ姉のお多美が亡くなったことを知った。

涼介の母は、五つのときに亡くなっている。七つ歳上の姉は、母代わりとなって何かと面倒をみてくれた。その姉の死が自害だと知った涼介は、愕然とした。

酒場三祐で呑んでいるのは、万造、松吉、八五郎、そして、お染の四人だ。

「そんなことがあったのかい……」

お染はゆっくりと猪口を置いた。八五郎は腕を組む。

「鉄斎の旦那に受ける気はねえんだな。その立ち合いを」

万造は八五郎に酒を注ぐ。

「そりゃそうだろうよ。その鳥居涼介って男はまだ若え。鉄斎の旦那が負けることたあねえだろう。つまり勝負を受ければ、旦那はその前途ある若侍を殺すことになる。そんなことを鉄斎の旦那がするわけがねえだろう」

「だが、あの若侍も相当な腕だ。酔った浪人相手とはいえ、いとも簡単に刀をすっ飛ばすとはよ。速すぎて、おれには若侍の動きが見えなかったぜ。鉄斎の旦那が勝てると決めつけるわけにはいかねえだろう」

お染は手酌で酒を注いだ。

「天下泰平の世で命懸けの勝負とはねえ……。何者なんだろうねえ、その若侍。鉄斎の旦那は知らないって言ってるんだろう。剣客とはいえ、見ず知らずの男に命懸けの勝負を挑んでくるなんて考えられないからね」

「仇討ちってことはねえのか」

「だったら、仇討ちなんとか状ってえのを持ってるはずだろう」

「旅姿をしていたと言ったね」

「ああ。清八郎さんと同じような訛りがあったから、津軽の人かもしれねえ」

四人はしばらく黙っていた。お染はだれにともなく話し出す。

「島田の旦那は、おけら長屋に来るまで、どんな暮らしをしてたんだろうねえ」

万造はしみじみと酒を呑んでいる。

「津軽の黒石藩で剣術指南役をしてたってことしか知らねえなあ。いずれにしても、黒石に関わりがあることは間違えねえだろう。誠剣塾の門下生に訊いたら、黒石藩で剣術指南役を務めていた島田鉄斎殿かと、念を押していたそうでえ」

松吉も何か考え込んでいたようだ。

「鉄斎の旦那だけじゃねえ。おれたちだってそうじゃねえか。おけら長屋に来る前のことなんざ、話もしねえし、訊きもしねえ。なぜだかわかるか。みんな、おけら長屋で暮らすようになってから、新しい何かが始まったからでえ。昔のことなんかどうだって構やしねえのさ」

「松吉の言う通りかもしれねえなあ」

八五郎にも思い当たる節があるのだろう。万造は猪口の酒を呑みほした。

「厄介だなあ……」

「何が厄介なのさ」

「剣客同士の勝負とはいえ、鉄斎の旦那の命を狙ってるとなりゃ、あの若侍はおれたちにとっちゃ敵役じゃねえか。だがよ、あの若侍はおけい婆さんを助けてくれた。それに、恩着せがましいことはひと言も言わねえ。嫌いじゃねえなあ。なあ、松ちゃん」

「ああ。おそらく旅の路銀も底をつき、腹ぺこだったに違えねえ。芋の煮っ転がしをむさぼるようにして食ってやがった。可愛いもんじゃねえか。なんだか気が滅入るぜ」

「どうしてでえ」

「がさつな八五郎さんにはわからねえだろうなあ。鉄斎の旦那を斬るかもしれねえ若侍が、虫の好かねえ野郎だったら、こっちだって血沸き肉躍らせるところなのによ。どうしてもそんな気になれねえ」

「まったくだぜ。いくら呑んでも酔える気がしねえ。今日はもうお開きにしようや。そんなわけだから八五郎さん。ここは払っといてくれや」

「そうだな……。って、なんでおれが払うんだ。ふざけるねえ」

三祐を出た四人は、口数も少ないまま暗くなった道を歩いた。

同じころ――。

島田鉄斎は黒石藩藩邸に江戸家老、工藤惣二郎を訪ねていた。工藤惣二郎は奥座敷に鉄斎を招き入れた。

「いつもはこちらからお呼び立てすることばかりであるのに、お珍しいですな」

鉄斎は、挨拶もそこそこに切り出した。

「鳥居涼介という若侍をご存知ではありませんか。面識はなくとも聞いたことのある名であるとか……」

惣二郎は「鳥居涼介」と繰り返してから、しばらく考え込んだ。

「思い当たる者はおりませんな」

「そうですか。黒石藩に関わる者かと思ったのですが……」

「なにやら、曰くがありそうですな。差し支えなければお話を伺いたい。他言はいたさぬ。ここだけの話にいたす。もちろん、殿にも……」

鉄斎は鳥居涼介に勝負を挑まれたことを話した。

「私に黒石藩で剣術指南役を務めていたかと尋ねたこと、そして津軽訛りから、黒石藩に関わる者ではないかと思いましたので」

惣二郎は用人見習いの田村真之介を呼びつけた。真之介は泣きそうな表情をしてやってくる。

「申し訳ございません。お許しください」

「何を謝っておるのだ」

真之介は胃の腑を摩りながら――。

「とりあえず、謝っておいたほうが無難かと思いまして」

鉄斎は吹き出した。

「真之介。黒石から江戸詰めになった者で、国元の事情に詳しい者をここに連れてまいれ」

「いきなり、そのようなことを言われましても……」

「相変わらず、融通が利かぬのう。どうすればよいか、己で考えよ」

飛び出していった真之介は、しばらくすると一人の男を連れて戻ってきた。男は納戸役、高橋慶太郎と名乗った。

「地獄耳の慶太郎か。よい男に目をつけたな。こちらはワシの知り合いで島田殿だ」

鉄斎は会釈をする。

「慶太郎、そのように固くならんでもよい。ちと、尋ねたきことがあってな。その方、江戸詰めになってどれくらいになる」

高橋慶太郎は固くなったまま答える。

「半年でございます」

「鳥居涼介という若侍に心当たりはないか。黒石藩に関わりがある男かもしれん」

慶太郎は「鳥居……、鳥居……」と呟いていたが――。

「馬廻役に、鳥居又十郎という者がおりました」

「鳥居又十郎。聞いたことがあるような……」

「五、六年前になりましょうか。詳細は存じませぬが、鳥居は罪に問われて蟄居を命じられました。それを恥じたのか、妻女と共に自害してしまいました」

「ああ、そうであった。思い出した」

長らく江戸詰めの惣二郎は、国元の情報に疎い。しかし、鳥居又十郎が自害してしまったことは、当時の江戸藩邸でも話題になったものだ。

「あの件は、いまだに真相はわからぬな。気鬱であったことを理由として処置されたと記憶しているが……」

慶太郎はしばらく考え込んでいたが、顔を上げた。

「確か、鳥居は養子縁組をしていたのですが、その養子が元服する前にあのような事態になってしまったのです」

「その、養子の名は……」

「さあ……。ただ、幼少のころより、剣術に秀でていたそうで……。そ、そうだ。刀鍛冶の名人、杉野匠巳殿の三男で、確か、名は……。りょう、涼介……。鳥居家に養子に入り、鳥居涼介……」

惣二郎は鉄斎を見て頷く。

「島田殿。やはり、当藩に関わりのある者のようですな」

惣二郎は慶太郎に――。

「慶太郎。確かそのほう、酒は呑ける口であったな。真之介。酒を持て。肴などは要らん。すぐにだ」

酒を用意した真之介は、惣二郎、慶太郎、鉄斎に酒を注ぐ。

「慶太郎、遠慮なく呑ってくれ。酒で気がほぐれたところで黒石の話をしろ。その方の家から見える景色でもよい。好いた女子の話でもよいぞ。さあ、呑め。真之介、気が利かんのう。慶太郎に酒を注がんか」

真之介は空になった慶太郎の盃に酒を注ぐ。慶太郎はその酒を呑みほすと、舌も滑らかになってくる。

「……。そうか。黒石の祭ではそんなことがあったのか。わははは。慶太郎。だいぶ黒石のことが頭に浮かぶようになってきたようじゃの。ところで、その鳥居又十郎、刀鍛冶の杉野匠巳に関わるどんな些細なことでもよい。思い出したら話してみよ」

慶太郎は真之介に注がれた酒を呑みほす。

「杉野匠巳と言えば……、娘がおりまして。涼介の姉です。この姉が嫁いだのが、近藤房之介ですよ」

盃を持つ鉄斎の手が止まった。

「ご家老もご存知でしょう。剣術指南役の一件で、斬られて死んだのが近藤房之介です。確か近藤房之介を斬ったのは……。島田……、島田……、鉄……」

慶太郎は鉄斎の顔を見て、盃を落とした。

「貴殿は……」

慶太郎は鉄斎の顔を見て膝を正した。

「どこかでお目にかかったことがあると思っておりました。あの島田鉄斎殿とは気づかず失礼いたした。近藤房之介との御前試合は某も見届けさせていただき、その美しいほどの腕前に感服仕りました」

真之介にはさっぱりわからない話だ。惣二郎は盃を置いた。

「島田殿。真之介に聞かせてやってもよいですかな。黒石でのことを……」

鉄斎は頷いた。


黒石藩では剣術指南役が急逝し、後任にはその高弟の近藤房之介が選ばれると思われたが、房之介には無頼漢との噂があった。

それを危惧した藩主、津軽甲斐守高宗は広く剣術指南役を募り、御前試合で勝ち残った者を、黒石藩の剣術指南役とすることに決めた。

浪々の身となっていた島田鉄斎には願ってもない話だった。鉄斎は黒石に向かった。そして決勝戦で立ち合うことになったのが、近藤房之介だった。

房之介は藩主高宗に真剣での立ち合いを申し出るが、高宗はこれを認めず、木刀での立ち合いとなった。

奇声を発して飛び込みざまに木刀を振り下ろした房之介だったが、鉄斎はそれをかわすと、房之介の木刀を叩き落とし、木刀を近藤房之介の鼻先に突きつけた。房之介はその場に尻餅をついて醜態をさらすことになった。

そして、鉄斎は黒石藩の剣術指南役となり、高宗の勧めで結衣という妻を娶ることになる。

収まりがつかぬ房之介は鉄斎につきまとい、真剣での立ち合いを迫るが、鉄斎は取り合わない。業を煮やした近藤房之介は、鉄斎の留守中に結衣を襲い、結衣を自害に追い込んだ。

それを知った鉄斎は、房之介との立ち合いを受けることにする。命を懸けた真剣での勝負である。

立ち合いの場所と時刻を告げに行った鉄斎に、房之介は卑怯にも背中から斬りかかった。鉄斎はその刀を斜にかわすと、一太刀で近藤房之介の首を落とした。

鉄斎は、剣術指南役を辞して、旅に出ることにした。房之介を斬ったことの是非、その答えを見出せないままでは、剣術指南を続けることはできないと思ったからだ。そんな鉄斎が流れついたのが、おけら長屋なのである。

真之介は話を聞き終えた後も、身動きひとつしなかった。どのような言葉を発すればよいのか、わからなかったのだろう。高橋慶太郎は盃の酒をゆっくりと呑んだ。

「近藤房之介が通っていた剣術道場では、近藤の仇を討つという動きもあったようですが、殿は仇討ちを認めず、それどころか厳しく戒めました。近藤が後ろから斬りかかったところを見ていた者は複数おり、近藤は武士にあるまじき卑怯者という烙印が押されました」

工藤惣二郎が独り言のように――。

「その近藤房之介に、鳥居涼介の姉が嫁いでいた……」

「間違いありません」

「それで、その姉はどうしたのだ」

慶太郎は、その問いには答えたくなかった。

「酒というものは罪なものでございますな。思い出したくないことまで思い出させます」

「だから、その姉はどうしたのだ」

「自害したと聞いています」

慶太郎の言葉に、惣二郎は、低く唸った。

「卑怯者の嫁として、誹謗（ひぼう）されたのではないでしょうか。そ、それでその弟、鳥居涼介がどうしたのですか。差し支えなくば、お教え願いたい」

惣二郎は目を閉じた。

「島田殿に真剣での立ち合いを求めてきたそうだ」

鉄斎は静かに盃を置いた。

三

鳥居涼介は、翌日も誠剣塾にやってきて鉄斎に立ち合いを迫った。そして、その翌日も……。だが、鉄斎はそれを断りつづけた。

誠剣塾を後にした涼介の背中に、何者かの声がかかった。

「拙者に何か……」

「ここでは……。そこの橋の下までお付き合い願いたい」

その男は、涼介の返事も聞かずに歩き出すと、橋のたもとにある石段を下りていく。涼介もそれに続いた。男は川縁（かわべり）に立つと振り返った。涼介はその男に見覚えがあった。

「貴殿は先日、誠剣塾で茶を……」

「いかにも。誠剣塾の門下生で足立尚右衛門と申す。何故、島田先生に真剣での勝負を挑まれるのか、お聞かせ願いたい」

「貴殿には関わりのないことでござる」

涼介は落ち着いた声で答えた。

「島田先生は何もおっしゃいませんが、迷惑されていることと思います。もう誠剣塾に来るのはやめていただきたい」

「それも、貴殿には関わりのないことでござる」

尚右衛門は感情を抑えようとするが、それにはまだ若い。

「いきなり、見ず知らずの者に真剣での立ち合いを申し込まれ、それを受ける者などおりません。貴殿は最初に誠剣塾を訪れたとき、島田先生に〝逃げる〟という言葉を使った。その言葉は先生に対する侮辱です。先生はそんな方ではありません」

「ならば、なぜ立ち合いを避けるのです。剣に生きる者の定めではござらぬか」

「先生は剣に生きる者として、私や貴殿よりも遥かに高く深い真理と技を会得しておられる。そんな先生にとって、真剣での立ち合いなどは意味のないことなのです」

「詭弁でござる。拙者はこれまでにも、そのような説法で逃げる剣客を何人も見てまいった。島田殿は、拙者からの申し出を受けると思っておりましたが……」

足立尚右衛門は毅然と――。

「とにかく、島田先生には指一本、触れさせません」

「そんなに島田殿を守りたいのですか」

「もちろんです。島田先生に貴殿を斬らせたくないのです。先生は、貴殿という尊い、若い命をこの世から消してしまったという思いを抱いて生きていかなくてはなりません。先生にそんな思いをさせることはできません」

涼介は微笑んだ。

「そこまで言われては、なおのこと、島田殿と勝負をしたくなりました」

「ならば……」

尚右衛門は息を整えた。

「その前に、私と立ち合ってください」

「貴殿と……」

「真剣でも構いません」

涼介は哀(あわ)れむ目で尚右衛門を見た。

「何度も申すが、貴殿には関わりのないことでござろう。先程、稽古をしている姿が目に入りましたが、貴殿の腕では拙者を斬ることはできません。命を無駄にすることはないでしょう」

「それを申すなら、貴殿も同じことです。島田先生を斬ることはできません。貴殿は島田先生に『挑まれれば受けるのが剣客の定め』と申された。私も剣客の末(まつ)席(せき)を汚(けが)す者の一人です。ならば、貴殿に挑むまでです」

涼介はしばらく考えていたが――。

「わかりました。確かに、貴殿の申されることにも一理ある。そこまで申されるならお受けいたす。して、場所と刻限(こくげん)は……」

「明日の七ツ（午後四時）に田中稲荷(たなかいなり)の境内(けいだい)で。この竪川沿いを行き、大横川(おおよこがわ)を渡った左手でござる」

「承知した。では」

涼介はゆっくりと背を向けた。

翌日、誠剣塾を出ようと立ち上がった鉄斎のところに、門下生が走り込んできた。

「先生。尚右衛門が田中稲荷で真剣での立ち合いを……」

「尚右衛門が……。相手はだれだ」

「先生に真剣での立ち合いを挑んできた、あの鳥居とかいう……」

鉄斎は刀を手に持ったまま飛び出した。

大横川にかかる北辻橋（きたつじばし）を渡り、柳原（やなぎはら）六丁目の角を左に曲がる。その正面にあるのが田中稲荷だ。

鉄斎は数人の門下生と鳥居を駆け抜ける。夕暮れが近く、境内に人影はない。

小さな本殿の横まで来ると、二人の姿が目に飛び込んでくる。鳥居涼介は刀を正眼に構え、足立尚右衛門は刀を右手で構え、肩で息をしている。だらりと下がった左腕からは鮮血が滴（したた）り落ちていた。

「そこまでだ」

鉄斎はそう叫ぶと、二人の間に飛び込んだ。尚右衛門は片膝をついた。

「ま、まだ、勝負はついておりません」

「もうよい。秋吉、石山。手拭いで尚右衛門の左腕の付け根を縛るんだ」

門下生は尚右衛門に駆け寄るが、尚右衛門は二人を払い除ける。鉄斎はそんな尚右衛門に――。

「見苦しいぞ、尚右衛門。勝負はもうついている」

尚右衛門は苦痛に顔を歪めながら――。

「む、無念です。私の腕が未熟でした。と、鳥居殿は正々堂々と勝負をされました。私は恨んではおりません」

「わかった。わかったから、もう喋るな。秋吉、石山。すぐに尚右衛門を聖庵堂に連れていけ」

鉄斎が振り返ると、涼介は一礼して去っていった。

おけら長屋の大家、徳兵衛宅で茶を飲みながら世間話に興じているのは、徳兵衛と廻船問屋東州屋の主、善次郎だ。善次郎は思い出したように──。

「島田さんのところの門下生が、道場破りの若侍に斬られて大怪我をしたとか……」

徳兵衛は苦々しい表情をする。

「お染さんから聞いたところによると、その若侍は道場破りではなく、島田さんに何度も真剣での勝負を迫っていたそうです。それに業を煮やした門下生の一人が、その若侍と立ち合うことになったとか。もちろん、島田さんはそのことを知らなかったそうですが」

「それは難儀なことですなあ」

「まったくもって……」

ゆっくりと茶を啜った善次郎の頭には、何かが蘇えったようだ。

「あれは何年前になりますかな。吾妻橋で、はじめて島田さんに出会ったときのことを思い出しました」

徳兵衛もそのときの様子を思い浮かべているようだ。

「島田さんが、お駒ちゃんの右腕を斬り落とすと言って、刀を振り下ろしたときは肝を冷やしましたな」

善次郎の懐から十両の巾着を抜き取った娘を鉄斎が捕まえた。そして、娘の細い手首には刀の切先が触れた半寸ほどの傷がついた。「傷は残るぞ。その傷を見て、今日のことを思い出しなさい」と諭した鉄斎の言葉は、その娘、お駒の心に突き刺さった。

「あのときの徳兵衛さんの表情を思い出すと……」

善次郎は笑いを堪えた。

「ですが、島田さんの表情も思い出します。あのときの島田さんには陰がありました。何か重い荷物を心の中に抱えているような」

徳兵衛も鉄斎のことを思い出して頷いた。

黒石藩の剣術指南役を辞した鉄斎は特に目的もなく、亡き父の門弟が江戸で開く剣術道場を目指した。そして、江戸に入ってすぐに出会ったのが徳兵衛と善次郎だったのだ。それがきっかけで、鉄斎はおけら長屋の住人となる。

善次郎は、湯飲み茶碗を茶托に置いた。

「今の島田さんからは、すっかりそのときの陰が消えています。何かを悟ったのでしょうか」

「もしかしたら、おけら長屋の連中に毒されたのかもしれませんな」

徳兵衛は嬉しそうに微笑んだ。


鳥居涼介は二ツ目之橋で佇んでいる。

「お武家さん。ここは大川（隅田川）の向こうに沈む夕陽を眺めるには、絶好の場所なんでさあ」

声をかけたのは万造と松吉だ。涼介とはじめてこの場で会ったのは五日ほど前。頰の肉は落ち、精彩を欠いているように思えた。

「あなた方は、あのときの……」

万造はとりわけ人懐っこい表情をした。

「その節は、煮売り屋の婆さんを助けてくれて、ありがとうございやした。おれたちは、これから飯でも食おうと思ってるんですが、どうです、ご一緒に。お礼ってほどのもんじゃねえんですが」

「汚え居酒屋で、ろくなものはありませんがね。さあ、どうぞ。さあ」

涼介は、松吉に背中を押されるようにして歩き出した。

本来の涼介なら、このような誘いは断ったはずだ。十二歳のときに養子に出され、諸国を巡り剣術の修行に明け暮れてきた涼介は、融通の利かない性質で、人と関わることが苦手だった。だが、この二人には気が許せるように思えた。持ち合わせの金が残りわずかとなり、この数日、ろくなものを食べていなかったからかもしれないが……。

酒場三祐の座敷には、お染が座っていた。

「さあ、どうぞ。こっちに上がってくだせえ。お染さん。こちらが、おけい婆さんを助けてくれた、鳥居涼介さんでえ」

お染は微笑む。

「そうですか。話はお聞きしていますよ。お酒は呑ける口ですか」

「いえ。酒は呑りませんので」

計ったように、お栄が煮物を持ってくる。

「おけい婆さんの煮物にはかないませんけど。今、お茶を持ってきますね」

　万造は膝を正した。

「あっしたちはこの近くのおけら長屋の住人で、あっしが万造、こいつが松吉。それから、こちらの乙な年増がお染さんです」

「ほめたって何にも出しゃしないよ。あたしたちは勝手に呑らせてもらいますよ」

「拙者は、鳥居……。さ、さきほど、拙者の名前を言われましたね。あなた方に名乗った覚えはないが……」

　万造は笑った。

「江戸ってところは、広いようで狭えところでしてねえ。いろんな話が耳に入ってきちまうんでさあ。じつは、あっしたちは島田鉄斎の旦那と同じ長屋に住んでやして」

　これには涼介も驚いたようだ。

「島田鉄斎殿と……」

松吉はお栄から茶を受け取ると、涼介の前に置いた。

「鉄斎の旦那と長屋の連中は身内みてえなもんでね。いや、身内なんてもんじゃねえ。身体の一部みてえなもんなんです。鉄斎の旦那がいなければ、長屋に住んでる者の半分くれえは死んでたかもしれねえ。お互えにかけがえのねえ間柄なんでさあ。その鉄斎の旦那に、鳥居さんが真剣での立ち合いを挑んだ……。だから正直言って、鳥居さんはあっしたちにとっては厄介な御仁でさあ。だけど、鳥居さんは、おけい婆さんを助けてくれた。あっしたちは鳥居さんのことが嫌いじゃねえ。だから、あっしたちはどうすればいいのか、わからねえんで……」

お染は、茶を涼介の近くに滑らせた。

「何か理由があるんですよね。なぜ、鳥居さんが鉄斎の旦那にこだわるのか。鉄斎の旦那を、亡くなったお姉さんの仇だと思っているのでしょうか」

「な、なぜ、そのようなことを……」

涼介は言葉を詰まらせた。

昨夜――。

万造、松吉、お染の三人は、鉄斎を三祐に呼び出して問いただした。

「旦那。噂はだいぶ広まってますぜ。大家の耳にも入(へえ)ったようで、気にしているようでした。なあ、万ちゃん」

「誠剣塾の門下生が、鳥居涼介と立ち合って斬られたそうじゃねえですか。お満(まん)さんも心配(しんぺえ)してやしたぜ。鳥居涼介に対する門下生たちの遺恨(いこん)が強まるんじゃねえかって。斬られた門下生の傷は、ふた月もすりゃ元通りになるってことだが、そりゃ、たまたまだ。死人が出てからじゃ遅(おせ)えですぜ」

鉄斎は黙っている。お染が鉄斎の猪口に酒を注いだ。

「旦那は何か知ってるんじゃないんですか。知ってるなら話してくださいよ。何にも知らないんじゃ、何かあったときに万松の二人だって動きようがありませんよ」

しばらく考え込んでいた鉄斎は顔を上げた。

「話そう。鳥居涼介の心の底にある思いは何なのか、私にもわからない。だが、鳥居涼介の心の蓋(ふた)を開くことができるのは、万松とお染さんかもしれんからな」

鉄斎は、そう言うと深く息を吐いた。いつもの鉄斎は飄々(ひょうひょう)として、温かな気を漂(ただよ)わせている。しかし今、時が止まるような重い気が走り、それは、ふっと消えた。
万造と松吉は、思わず肩をすくめ、ごくりと唾を呑みこんだ。お染は、徳利を
ゆっくりと箱膳に置く。
鉄斎は、黒石藩で起こったこと、近藤房之介の嫁が鳥居涼介の姉だったこと
を、淡々と話した。万造、松吉、お染にとっては、はじめて聞く話ばかりだっ
た。鉄斎に妻がいたことも、鉄斎が人を斬ったことも。
「そんなことがあったんですかい」
万造が溜息まじりに呟く。松吉はしばらく一点を見つめていたが、自分の両頬
をパンと叩いた。
「ちょいと驚きやした」
お染は美味そうに酒を呑む。
「あたしは、ますます旦那のことが好きになりましたよ。旦那って人は、いろん
なことがあって、今の旦那になったってことですから。あたしは思ってたんです
よ。旦那は仏様か神様の生まれ変わりじゃないかってね。ああ、よかった」
万造は呆れる。

「お染さん。喜んでる場合じゃねえ。鳥居涼介は、鉄斎の旦那のことを姉さんの仇だと思ってるに違(ちげ)えねえ。仇討ちの免状がもらえねえから、剣客として勝負を挑んできたんだぜ。それなら話の辻褄(つじつま)が合うってもんでえ」

「でも、姉さんが自害したのはだいぶ前のことだろう。どうして今ごろ……」

松吉は少し考えてから――。

「鳥居涼介は、まだ若かった。なまじの腕じゃ、鉄斎の旦那を討ち果たすことができねえ。だから、剣の修行を積んだに違えねえ。そして、勝てるという揺るぎねえ自信がついたところで、江戸に出てきたって寸法よ」

「ねえ。旦那はどうするつもりなんですか」

鉄斎は黙って猪口を置いた。

「鳥居さん。教えてくだせえよ。鉄斎の旦那に真剣での勝負を挑む理由(わけ)を」

涼介は、お栄が煮た大根を口に運んだ。

「美味い。この前の芋の煮っ転がしといい、この大根といい、身体だけでなく心まで温かくなってくるような気がします」

松吉はお栄に目をやった。

「なぜだかわかりますかい。おけい婆さんも、この店のお栄ちゃんも、作ってる人の心が温(あった)けえからですよ。それに、塩でも砂糖でも出汁(だし)でもねえ、とっておきの隠し味があるんでね」

「とっておきの隠し味……」

「涙ですよ。長屋暮らしの貧乏人なんてえのは、みんな心の中に悲しみや苦しみを抱えて生きてるんでさあ。だから、鍋の中に涙が一粒、流れ落ちるんで。心(こころ)根(ね)の優しい人には、その涙の味がわかるんですよ」

松吉には涼介の目が潤(うる)んだように見えた。

「松吉さんとおっしゃいましたね。それでは、少しだけお話ししましょう」

涼介は茶を啜った。

「島田殿が斬った近藤房之介という男は、評判のよくない男でした。近藤が通っていた剣術道場の師範が、黒石藩の剣術指南役だったのです。私の父は、黒石でも名人と呼ばれた刀鍛冶でした。聞くところによると、その師範は父が鍛えた名刀を、いずれは自分のものにしたいという思いから、藩の重役に手をまわして、私の姉を一番弟子の近藤に嫁がせたそうです。姉は近藤の人柄も知らずに嫁ぎました。その師範が急逝したことにより、近藤と島田殿は御前で立ち合うことになったのです」

お染が小さな溜息をついた。

「剣の武者修行を終えて黒石に帰り、姉の死を知りました。近藤は御前試合で島田殿に負けたにもかかわらず、島田殿の奥方を襲って自害に追い込み、背後から斬りかかるという卑劣な所業の末、島田殿に斬られました。当然のことと思います。噂は広がり、姉も〝卑怯者の嫁〟〝武家の恥〟などと罵声を浴びせられたそうです。近藤に一番苦しめられたのは姉なんです。酒に溺れた近藤は、姉を殴り蹴り……。ですが、律儀な姉は、最後まで近藤の妻という立場を貫き、自害したのです。姉は近藤に殺されたようなものです」

お染は猪口を軽く上げると、その酒を呑んだ。涼介の姉への供養のつもりなのだろう。

「それじゃ、鳥居さんは、姉さんの仇を討つつもりで鉄斎の旦那のところに来たわけじゃねえんですか」

涼介は、松吉の問いには答えない。

「私が剣の修行に旅立つ十六歳のとき、近藤はそれなりの剣客でした。その後、酒に溺れるようになったのは、師範が、自分を次の剣術指南役に推挙してくれると高を括っていた、気の緩みかもしれません。それよりも、私が気になったのは島田鉄斎という人物です。近藤との御前試合を見た人たちからは、様々な話を聞くことができました」

《正眼に構えた島田鉄斎は美しい自然体だった。まるで、慈悲深い仏様のように見えた》

《上段に構えた近藤房之介が飛び込みざまに木刀を振り下ろすと、木刀は島田鉄斎の身体の中を通り抜けたように見えた。そして、瞬きをする間もなく、近藤房之介の木刀は叩き落とされていた》

《島田鉄斎からは殺気も気迫も感じられない。それがかえって恐ろしかった》

「近藤も御前試合の決勝戦まで勝ち上がる剣客です。その近藤の鼻先に、まるで赤子の手を捻るように木刀を突きつけた、島田鉄斎という男……」

口の中が渇いたのか、涼介は茶を飲みほした。

「その後、島田殿は黒石藩の剣術指南役になったそうですが、島田殿のことを悪く言う者は一人もいませんでした。剣の腕をひけらかすことはなく、穏(おだ)やかで、だれにでも優しく……。私はどうしても島田鉄斎という人に会ってみたい、いや、剣客として立ち合ってみたいと思いました。ですが、島田殿は剣術指南役を辞して、黒石藩を去ったと聞きました。あのときの私の腕では、島田殿に勝つことができないのは明らかです。私はまた修行の旅に出ました。ひと月ほど前、黒石に戻りましたが、その間、島田殿のことが頭から離れたことはありませんでした」

　万造と松吉は、酒を呑むことも忘れて、涼介の話に聞き入っている。

　一方、お染の表情(かお)は暗い。音を立てて徳利に手を伸ばすと、自分の猪口に注ぎ入れる。

「姉の墓前に手を合わせて、私は江戸に向かうことにしました。島田殿が本所(ほんじょ)にある誠剣塾という剣術道場にいるという話は聞いておりましたので……」

　万造は思い出したように徳利を持つが酒が入っていない。万造はその徳利を逆(さか)さにしてお栄に見せた。

「鳥居さんの話を聞く限りじゃ、鉄斎の旦那を恨んでいるとは思えねえんですが」

涼介は頷いた。

「恨んではおりません。姉が自害したのは島田殿とは関わりのないことです」

松吉は少し大きな声で――。

「なら、どうして鉄斎の旦那と真剣での勝負だなんて……」

「憧(あこが)れかもしれません。剣の修行をする者には、それぞれ目指すものがあります。剣客として名を揚(あ)げたい者。自らの力を誇示(こじ)したい者。私はまだ若輩者ですが、修行により、それなりの自負はあります。それがどれほどの力なのか、それを知るには真剣での勝負をするしかないのです。間違いなく勝てる相手とは、真剣勝負はしません。誠剣塾の足立殿は、私に真剣での勝負を挑んできました。失礼ながら足立殿を斬るのは容易いことです。足立殿が今後も剣の修行に励めるように、左腕を浅く斬りました。足立殿がそれを知り、屈辱だと思うのであれば、修行を積んで、私に挑んでくればよいことです。それが剣客というものです。剣客の勝負は死と隣り合わせです。もし、私が斬られて死ぬなら、その相手は島田鉄斎殿と心に決めて、厳しい修行に耐えてきました。それだけのことです」

「まったく、男ってえのは、勝手なもんですね」

お染は、猪口の酒を一気に呑みほして、フンと鼻を鳴らした。

「憧れだ、勝負だって、いったい何だってんだい。ここにいる二人だってそうですよ。この前も往来で侍と揉め事を起こしましてね」

《斬れるもんなら斬ってもらおうじゃねえか。こちとら江戸っ子でえ。てめえなんざに頭を下げたんじゃ、先祖の助六様に申し訳が立たねえんだ》

「何が助六様だよ。島田の旦那が駆けつけなかったら、斬られて死んでたかもしれないんですよ。剣客の定めだか、江戸っ子の意地だか知りませんけど、そんなものに振り回されて、悲しい思いをするのはいつも、側にいる女や子供なんですよ」

「おいおい、急にどうしたんでい」

「おれたちの話は関わりがねえだろう」

戸惑う万松を、お染は睨みつける。

「だいたい鉄斎の旦那も旦那だよ。水臭いじゃないか。昨晩話してくれたことだって、その後はすっかりだんまりだよ。馬鹿馬鹿しくって付き合っちゃいられないんで、あたしは失礼しますよ」

お染は席を立って出ていった。

「すいませんねえ。融通の利かねえ女なんで。気にしねえでくだせえ」

万造は手酌で酒を注ぐ。

「松ちゃん。もうよそうや。面倒臭え話で疲れちまったぜ。どうせ世の中、なるようにしかならねえんだしよ」

「まったくでえ。呑もうや。ところで、鳥居さんはどこに逗留なさってるんですかい」

「六間堀町にある知念寺という小さな寺で、寝泊まりさせていただいております」

「たしか、知念寺の和尚は津軽の出だとか」

「ええ。泊まるだけなら、離れを使ってもよいと言ってくださいました」

お栄が盆を持ってやってきた。

「お酒を召し上がらないなら……。握り飯と味噌汁です」

松吉はお栄から盆を受け取ると、涼介の前に置いた。

「この店の名物なんでさあ。何にも入ってねえ、しょっぺえだけの握り飯と、何にも入ってねえ、お湯みてえな味噌汁」

「今日は特別に葱が入ってるわよ」

「葱だと……。ここに浮いてるのは葱かよ。おれはゴミかと思ったぜ。あははは」

涼介は味噌汁を啜り、握り飯に齧りついた。そして、涼介は箸を置く。

「どうしたんですかい。おい、お栄ちゃん。いくらなんでもひどすぎたらしいぜ」

俯いた涼介の頬に涙が伝っている。

「美味い。さきほど、松吉さんが言われたことは本当ですね。質素な食べ物でも、心が温かい人が作った料理は、食べる人の心も温かくする。料理だけではありません。心の温かい人の側にいれば、自分の心も温かくなる。島田殿はそんな人たちに囲まれて暮らしているのですね」

万造はしじみと酒を呑んだ。

「鉄斎の旦那が江戸に出てくるまで、どこで、どんな暮らしをしていたのか。そんなこたあ、どうでもいいんで。今が幸せならよ。鉄斎の旦那は間違えなく、この江戸で幸せに暮らしてる。自分が浪人だとか、剣客だとかなんて頭の片隅にもねえ。まして仕官なんざ、これっぽちも考えちゃいねえ。今は心地のいい湯舟に浸かってるみてえなもんですよ。だから、鉄斎の旦那に鳥居さんを斬らせたくねえ。鳥居さんに鉄斎の旦那を斬らせたくもねえ。おれたちが願ってるのは、ただそれだけなんでえ」

万造の表情は明るくなる。

「さあ、どうぞ。食べてくだせえよ。冷めちまいますぜ。せっかく、お栄ちゃんが作ってくれたんですから」

涼介は黙って握り飯を頬張った。

三祐を出て、山城橋を渡り六間堀を歩いていた涼介は、要律寺の前で何かの気配を感じて立ち止まった。暗闇から現れたのは一人の浪人だ。

「おれをだれだか覚えているか」

涼介はその声に覚えがあった。

「煮売り屋の屋台で狼藉（ろうぜき）を働いた浪人でござるな」

背後にも人の気配を感じた涼介が振り向くと、二人の浪人が立っている。

「恥をかかせやがって。この前は酒も入っていて油断をしたが、今日はそうはいかねえ。ぶった斬ってやる」

涼介は落ち着いている。

「拙者に刀を飛ばされたことより、老婆に対する振る舞いを恥ずかしいとは思えんのか」

「問答無用」

浪人は刀を抜いた。背後にいる一人の浪人も刀を抜き、背後から涼介に斬りかかった。涼介は振り返って刀を抜く。そのとき、もう一人の浪人が涼介の顔に向かって何かを投げつけた。

それは砂だった。涼介は動きを読んで、なんとか刀をかわしたが、目に砂が入って何も見えない。

「よし。お前たちは手を出すな。おれが仕留（しと）める」

涼介は目を閉じて相手の動きに集中する。

忍び寄る雪駄の音。風を切る刀の音を感じた涼介は、しゃがみ込んでから、刀を払った。確かな手応えがあり、人が倒れる音がした。涼介は残った二人の方に振り返る。そして、走り去る音を聞いた。

「斬り合いだ。斬り合いだ」

近くで店を出していた二八蕎麦屋の客が駆けつけてきた。

「大丈夫ですかい。こいつら、汚えまねをしやがって。ちょいと待ってくだせえ。蕎麦屋から水をもらってきやすから」

涼介は目を洗い流す。地面は血の海となっていて、浪人は絶命していた。

「かたじけない」

二八蕎麦屋の客は涼介に見覚えがあったようだ。

「あっ。あんたはあのときの……」

四

翌朝、大工の寅吉からその話を聞かされた万造と松吉は、言葉を失った。

「な、なんとか言いやがれ」

万造は寅吉の半纏の襟を鷲づかみにする。

「て、てめえ。この前はよくも逃げやがったな」

「そ、そこかよ。驚くところが違うんじゃねえのか」

松吉が割って入る。

「そ、それで、鳥居さんはどうなったんでえ」

「岡っ引きが来て、番屋に連れていかれた。もちろん、おれも一緒に行ったぜ。おけい婆さんの一件を恨みに思った奴らが、闇討ちを仕掛けたって、はっきりさせなきゃならねえだろ。だが、人ひとり斬っちまったことに間違えはねえ。今日、南町奉行所でいろいろと話を訊かれることになるそうでえ」

「わかった。寅吉。おめえは、おれと松ちゃんの店に行って、おれたちは吉原で悪い病にかかったとでも言っておけ」

「な、なんで、おれがそんなことを言わなきゃならねえんだよ」

「うるせえ。それで逃げたことは帳消しにしてやらあ」

万造と松吉は、鳥居涼介のことを鉄斎とお染に話し、南町奉行所に向かった。

涼介は丸二日間、南町奉行所に留め置かれている。

斬られた浪人や逃げた浪人の身元や、旅人である鳥居涼介の身元を調べるのには時間がかかるからだ。それに、目撃していた寅吉の証言と、涼介の証言が一致するかを確かめなければならない。

南町奉行所の同心、伊勢平五郎は涼介の前に茶を置いた。

「あんたに非がないことはわかっている。だが、奉行所というところは融通の利かんところでな。書面を出して上役の署名をもらわなければ、あんたを放免することはできんのだ。もうしばらく我慢してくれ」

涼介は南町奉行所に来てから、取り乱すこともなく、聞き取りにも素直に応じている。

「心得ております」

「昨日は、おけら長屋の万造と松吉がやってきての。あんたが煮売り屋の老婆を助けたときのことを、身振り手振りを交えての大熱演だ。早くあんたを放免にしろと、うるさくてかなわん。ところで、あんたの剣の腕前は相当なものらしいな。万造はあまりの速さに剣が見えなかったと言っておった。大工の寅吉は、目を瞑ったまま、浪人を斬ったと言っておる」

「まだまだ未熟でございます」

「この調書によると、剣術修行中で、江戸に来た目的は林町の誠剣塾を訪ねることとあるが……。もしや、島田鉄斎殿の知り合いかな」

「島田殿をご存知なのですか」

「おれも身体がなまると、誠剣塾で汗を流しておる。島田殿はいわば、おれの師匠だ」

その言葉を聞いて、泰然としていた涼介の顔つきが変わった。

「島田殿はどのような剣客なのでしょうか。どのような剣を使われるのでしょうか」

「なぜ、そのようなことを訊く……」

「拙者は、島田殿と真剣で立ち合うために、津軽から出てまいりました」

伊勢平五郎は驚いたようだが、その表情は次第に柔らかくなる。

「そうか。島田殿と真剣での勝負を……。理由は訊かんでおこう。その勝負は成り立たんだろうからな」

「なぜですか。拙者は子供扱いされているということですか」

「そんな小さなことではない。その答えを知るのが、あんたの修行のはずだ」

平五郎は話題を変えた。

「あんたが斬った加山陣之介という浪人だがな。本所界隈の無頼浪人として、町奉行所も手を焼いていたところだ。だがな……」

平五郎は口籠もった。

「いや、何でもない」

「な、何でござるか。お話しくだされ」

「加山陣之介は斬られるべくして斬られた。酌量の余地はない。だが、加山には妻と乳飲み子がいる」

奉行所の者が器を持ってきて、伊勢平五郎に耳打ちする。

「煮売り屋の老婆から差し入れだそうだ。温かいうちに食べてくれ。明日には放免されることになるだろう。もうしばらくの辛抱だ」

平五郎は物欲しそうに、器の中の芋の煮っ転がしに目をやると去っていった。

涼介は頭の中が真っ白になった。そして、しばらくしてあることに気づく。

――姉さんと同じではないか。島田殿の役どころが自分になったのだ。

涼介はその夜、その残された妻と乳飲み子のことばかり考えていた。姉さんと同じことにならなければよいが……。もしかしたら、もう……。涼介は眠れぬ夜を過ごした。


翌日、放免になった涼介の足は、自然と猿江裏町に向かっていた。

伊勢平五郎から、加山陣之介が住んでいた長屋を聞き出したからだ。加山陣之介の妻はどうしているのだろうか。確かめたところでどうなる。自分は夫を斬り殺した男だ。

涼介は何度も人に尋ねながら、不慣れな江戸の町を歩いた。新大橋を渡り、小名木川沿いを真っ直ぐに進む。そして、猿江橋を渡って左に曲がった。

「銀杏長屋をご存知ですか」

半纏姿の男は、細い路地の奥を指差した。

「奥の左側に摩利支天(まりしてん)があらあ。その先ですぜ」

長屋の路地から出てきたのは、手拭いを持った老婆だ。

「ここが銀杏長屋でござるか。加山陣之介殿のお宅はどこでしょうか」

老婆は「加山陣之介」という名を聞いた途端、訝(いぶか)しげな表情(かお)をした。長屋でも評判のよくない男なのだろう。

「その奥ですよ。忌中(きちゅう)という紙が貼ってあるから」

老婆は関わりたくないとみえて、足早に去っていった。涼介はその〝忌中〟という紙が貼られた引き戸の前に立った。

「御免」

返事があることを願った。

「どちら様でしょうか」

か細い声が返ってきた。ここに来てからのことは何も考えていなかった。しばらくすると引き戸が開いた。

「どちら様でしょうか」

女は同じ言葉を繰り返した。

「加山殿のお内儀でござるか」

女は小さく頷いた。安堵した涼介の身体からは、力が抜けていくようだった。

「立川藩の方でございますか」

涼介は旅姿をしている。

「えっ、ええ……」

返事をしたつもりはなかったが、加山陣之介の妻はそう解釈してしまったようだ。

「どうぞ、お入りください」

四畳半の座敷には赤子が寝ており、部屋の隅には位牌、その前には線香が立てられ、蠟燭の灯りが揺れていた。

女はその前に座布団を置いた。涼介はそれが当たり前であるかのように、線香をあげて、手を合わせた。位牌は板切れで〝加山陣之介之霊〟と書かれていた。

加山陣之介という男には、別して感情は湧かない。気になるのは、この妻子のことだけだ。

「奉行所に呼び出され、主人だと確かめましたが、亡骸はこちらに渡されないそうです。何もないのでは様になりませんので、私が主人の名を書きました。弔問などだれも来ませんから、位牌などなくてもよかったのですが、こんなものでも置いておいてよかったです。位牌の書き方はこれでよいのでしょうか」

　女は、やつれてはいるものの、どこか吹っ切れているように思えた。

「大塚様からお聞きになったのでしょうか」

　涼介は小さく頷くしかなかった。

「大塚様の一派が立川藩を追放されてから江戸に出てきました。私は身重でしてね」

　女は位牌に目をやった。

「この人も、どこかに仕官の口はないか一生懸命に探したんです。ですが、なかなかうまくいかず、それどころか、上手い話に乗せられ、仕官の口利き料を騙し取られたりして、すっかり、気力をなくしてしまいました」

　加山陣之介は藩内の揉め事に巻き込まれて、浪々の身となったのであろう。

「用心棒や借金の取り立てという仕事に手を出すようになってからは、無頼な仲間とつるむようになり……。この長屋の方々にも散々ご迷惑をおかけしました。

いつかは、こんなことになる気がしておりました」

涼介は女の方に向き直った。

「それで、お内儀はこれから……」

女は寝ている赤子に目をやった。

「死ぬつもりでした。この子を殺して私も……。今までだって食うや食わずの暮らしでしたが、こんな乳飲み子を抱えては生きていけません。行くところもありませんし。それに、この子のことを考えると……。この子に父親のことを何と言えばよいのですか。世間の冷たい風にさらされるだけです」

涼介の背中を冷たい汗が伝った。

「この子を殺す決心がつくまで、丸一日かかりました。悩んで、悩んで、悩んだ末にやっと、踏ん切りがつきました。眠るこの子の首に手をかけようとしたとき――」

「ごめんください。加山陣之介さんのお宅はこちらでしょうか」

その声に、香織（かおり）は我（われ）に返った。引き戸を開くと、そこには女と浪人が立っていた。陣之介の知り合いならば、ろくでもない者たちだと警戒したが、そのような様子はない。

「加山陣之介殿のお内儀でしょうか」

「はい。加山の妻、香織と申します」

その女は唐突に言った。

「線香をあげさせていただきたいのですが」

「加山の亡骸はここにはありません。あるのは私が書いた粗末な位牌だけです」

「それなら、その位牌で結構です。線香をあげさせてください」

香織は断るつもりだったが、二人は深々と頭を下げた。

「どうぞ。狭いところですが」

その二人は、線香をあげ、位牌に手を合わせた。

「あ、あの、加山とはどのような……」

女と浪人は向き直った。

「加山陣之介殿に会ったことはありません」

「あたしもお会いしたことはないんです」

香織は改めて二人の顔を見る。二人とも誠実そうな人に見えた。

「では、なぜ……。あなた方はどちら様で……」

「亀沢町にあるおけら長屋に住む、お染と申します。こちらは——」

女に続いて、浪人は一礼した。

「同じくおけら長屋に住む、島田鉄斎と申す。じつは……」

鉄斎はここで一度、言葉を切った。

「加山陣之介殿を斬った者と関わりのある者です」

香織は驚いた様子は見せなかった。すでに抜け殻になっているのだろう。

「加山殿が斬られた経緯は聞かれましたか」

香織は小さく頷いた。

「ええ。奉行所で。煮売り屋の老婆にひどいことをして咎められたことを恨みに思い、その方に闇討ちを仕掛けたとか。正々堂々と立ち合うならまだしも、仲間と徒党を組んで、しかも、武士にあるまじき卑怯な手を使ったそうです。申し開きができる所業ではございません。でも……」

寝ていた赤子が泣いたので、香織が抱き上げた。

「生きていてほしかったです。あんな人でも、この子の父親ですから。私は、いつか改心してくれると、心のどこかで信じていましたから。でも、もう、どうでもいいんです」

鉄斎とお染には伝わった。この女は子供と心中するつもりだと。

「あなた方は、夫を斬った方と関わりがあるとおっしゃいましたが、会ったこともない夫のために線香をあげに来てくださったのですか。あなた方にとって、夫は、手を合わせるような者ではないはずです」

鉄斎は香織の目を正面から見た。

「ここに来たのは、残された者のためです」

「残された者のため……」

「そうです。あなたと、あなたのご主人を斬った鳥居涼介という男のためです。経緯はどうあれ、鳥居涼介は人の命を絶った。鳥居涼介はその重荷を、生涯背負って生きていかなくてはなりません」

鉄斎はそう言うと、お染を見た。

昨日、伊勢平五郎から、涼介が斬った浪人に妻と乳飲み子がいると知らされた鉄斎は、立ちすくんだ。

（なんという悪縁か――）

近藤房之介が結衣を襲って、結衣が自害した。

世間では、房之介から始まった悪縁と言うだろう。しかし鉄斎は、自分自身がつくり出してしまった悪縁だと思っていた。自分が房之介を打ち負かさなければ、結衣が苦しむことも、自害することもなかったのではないか……。房之介を斬り捨てた後も、心は晴れなかった。

逃げるように江戸に出てきてからは、おけら長屋での幸せな明け暮れが、その思いを薄めてくれていた。しかし、決して消えてはいなかった。

涼介が現れたことで、房之介の妻も自害したことを知り、その思いは再び鉄斎を苦しめるようになっていたが、今また、鉄斎の心を覆い尽くそうとしている――。

鉄斎はお染に、その気持ちを打ち明けた。

「旦那……」

お染は、そんな鉄斎の腕をつかんで揺さぶった。

「そのお内儀と赤ちゃんを守りましょうよ、ねえ」

お染はそう言うと、鉄斎の袖を握りしめた。

「いつだって、残された女や子供が悲しい目に遭うんです。その母子だってこのままほっとけば……。死んじまったら、もう何もできない」

「お染さん……」

「今なら間に合う。そうでしょう」

お染は、にっこり笑った。


鉄斎は、そのお染の表情を思い出しながら――。

「その重荷を少しでも軽くしてやることができるとするなら、それはあなたとこの子が真っ当に暮らしていくことです」

お染は、鉄斎の言葉に深く頷くと、微笑んだ。

「そうですよ。香織さん……」

香織は冷めた表情をしている。

「口で言うのは簡単です。この世知辛(せちがら)い世の中で、私とこんな乳飲み子が生きていける場所が、どこにあるというのですか」

「生きていける場所があれば、生きていくってことですね」

お染は立ち上がると外に出ていく。しばらくすると、お染は恰幅(かっぷく)のよい商人風の男と若い女を連れてきた。

「北本所表町(おもてまち)にある廻船問屋、東州屋の旦那さんです」

「東州屋善次郎と申します。どうです、うちに来て働く気はありませんか。もちろん、住み込みで。この子がいても構いませんよ」

「そんな……。私は非道(ひどう)な振る舞いをして斬られた無頼浪人の妻です」

東州屋善次郎の表情はにこやかだ。

「私どもは、そのようなことは気にしません。気にすることがあるとすれば、あなたに、この子と生きていく気持ちがあるかどうかです」

若い女は、赤ん坊が気になって仕方ないようだ。

「可愛い……。あたしにも抱かせてください。ねえ、いいでしょう」

若い女は奪うようにして赤子を抱くと、立ち上がってあやす。

「お駒ねえちゃんだよ。ほら、旦那様、笑ってますよ。ほら、旦那様」

お駒は赤子に向かって話し出す。

「お駒ねえちゃんはねえ、スリだったんだよ。女スリ。それが、この島田さんに捕まっちゃってね。腕を斬り落とされそうになったんだ。でも、今は東州屋さんで一生懸命に働いてる。一生懸命に働いて、真っ当に生きてると、ちゃんとお天道様を見ることができるんだよ。ほら、また笑った」

「どうやら、この子はお駒を気に入ったようですな。うちには、赤子の面倒をみてくれる女中もたくさんおります。何も心配することはありません」

お染は、香織の近くに寄った。

「香織さん、前を向いて生きなきゃ。この子のためにも」

香織は涙を流した。

「江戸に出てきて変わってしまったのは、夫だけではなかったのかもしれません。気落ちする夫と向き合おうとせず、長屋の人たちにも馴染めず……。私が前を向いていなかったからです」

香織は顔を上げ、真っ直ぐ前を向いた。

鳥居涼介の胸には、島田鉄斎が香織に語ったという言葉が響いていた。自らも人を斬り、その妻が自害したことを知った鉄斎の言葉は重かった。

「それで、ご妻女は、その廻船問屋で世話になることにしたのですか」

「はい。それが、この子にとって一番だと思いますから」

涼介は胸を撫(な)で下ろした。

「江戸というところは、殺伐(さつばつ)としたところだと思っていました。でも私は、おけら長屋の島田鉄斎殿とお染さんに救われました。夫を斬った鳥居涼介という方にも、島田殿の思いは通じると思います。ですから……」

香織は背筋を伸ばした。

「大塚様にお伝えください。くれぐれも加山陣之介の仇討ちなどはなさらぬようにと。鳥居涼介という方には、一点の落ち度もございません。それだけはお間違いのないようにと……。失礼ですが、あなた様のお名前は……」

涼介は言葉に詰まった。

「名乗るような者ではありません」

深々と頭を下げて、涼介は表に出た。

江戸に出てくる前の自分だったら、堂々と自分の名を名乗っただろう。自らの行いに恥じることがなければ、相手にどう思われようが、己の筋を通したはずだ。

だが、今は違う。世の中は柔らかい。何が正しくて、何が間違っているかなどは、だれにも決められない。

涼介は、ただ、あの母子が幸せに暮らしてくれればよいと思った。

翌日、鳥居涼介は誠剣塾を訪ねた。

足立尚右衛門が斬られたこともあり、門下生たちは殺気立つ。奥の座敷に通されると、島田鉄斎はいつものように温和な表情をしていた。

「島田殿。足立殿の傷はいかがでしょうか」

「心配はないそうです。傷もふさがり、支障は残らないそうです。立ち合いでは、未熟な尚右衛門のことを気遣っていただき、かたじけない。傷の浅さを見てわかりました」

涼介は膝に手を置いた。

「明日、江戸を発つことにしました」

静かな時間が流れた。

「そうですか。では、あなたと真剣で立ち合うことにしましょう」

涼介は耳を疑った。

「い、今、何とおっしゃいましたか」

「あなたと真剣で立ち合う、と言ったのですが」

「い、いつ、どこで、でしょうか……」

「今、この場です」


鉄斎と涼介が真剣を手にして道場に入ると、門下生たちは静まり返った。

「すまんが、みんな引き取ってほしい」

「しかし、先生……」

若い門下生は、鉄斎が足立尚右衛門の仇討ちをすると思ったようだ。鉄斎が何と。

鳥居涼介は、すでに悟っていた。この島田鉄斎という男には勝てるわけがないと。

この男は、大きな心で世の中を見ている。自分は己を通してしか、世の中を見ることができなかった。ならば、この島田鉄斎という男に討たれてみたい。

涼介は真剣を構えて、鉄斎と向かい合った。

鉄斎の身体からは気迫を感じられない。だが、どこにも隙がない。針の穴ほどもない。涼介は底知れぬ恐ろしさを感じた。あと少し、ほんの少ししたら、自分はもうこの世にはいない。

そのとき、万造とお染の声が聞こえてきた。

《鉄斎の旦那に鳥居さんを斬らせたくねえ。鳥居さんに鉄斎の旦那を斬らせたくもねえ。おれたちが願ってるのは、ただそれだけなんでえ》

《悲しい思いをするのはいつも、側にいる女や子供なんですよ》

そして、姉の顔が浮かんだ。姉はにこやかに微笑んでいた。

涼介の身体は動かなくなった。

江戸に出てきたばかりの涼介だったら、何の迷いもなく、鉄斎に斬りかかっていけたはずだ。しかし涼介は腰が砕けるようにして、その場に座り込むと両手をついた。

「まいりました」

涼介がこの言葉を心の底から吐き出したのは、はじめてのことだった。

鉄斎は静かに、刀を鞘に納めた。涼介の頰に涙が伝った。

「島田殿と向き合った途端、手も足も動かなくなりました。怖くて、恐ろしくて……」

鉄斎は頷いた。

「それは、あなたが〝人〟だからです。剣客も武家も浪人も町人も、男も女も、〝人〟なんです。血が通っていて、嬉しければ笑い、悲しいことがあったら泣く。それが〝人〟なんですよ」

涼介は鉄斎の言葉を心に刻み込んでいるようだった。

「そして、人は弱いものです。だから、共に笑い、共に泣いて、助け合って生きていく。私はそれを江戸に来て学びました。あなたも、同じことを学んだのではありませんか」

涼介は自分の目が少し開いたような気がした。

「そして、学んだのはあなただけではないのです。あなたが私に教えてくれたこともたくさんある。江戸を発つと言ったあなたは、勝負にこだわっていたときとはまるで別人でした。私は、そんなあなたと、真剣で向かい合ってみたいと思ったのです」

鉄斎は、笑みを浮かべる。

「お互い、剣客としても人としても、成長できたということです」

涼介は、涙でくしゃくしゃになった顔を鉄斎に向けた。鉄斎は涼介の前に正座をする。

「明日、江戸を発つと言いましたね。津軽に帰るのでしょうか」

涼介は頷いた。

「そうですか。それでは……。これは心ばかりの餞別(せんべつ)です」

鉄斎は鞘に納めた刀を差し出した。

「こ、これは……」

「あなたの父上、杉野匠巳殿が残された名刀、殿が名付けた〝奥州津軽住匠巳〟です」

涼介は、その刀を見つめた。

「十六歳で剣の修行に出たあなたは、五年後に黒石に戻り、そこで姉上の死を知った。同時に、父である杉野匠巳殿が亡くなっていたことを知ったのではありませんか。あなたは剣客として、父上の名刀を手にすることを夢見ていた。それが剣術修行の励みにもなっていたはずです」

涼介は刀をまじまじと見つめている。

「その後、あなたの父上によって藩主高宗公に献上された。あなたは、その刀が、私のもとに渡ったことを知った。父上の名刀を手に入れる手立てはひとつ。だから、あなたはさらなる修行を積んだのでしょう」

鉄斎は、剣術指南役を辞して黒石から旅立つときのことを思い出した。

《鉄斎。餞別だ。これを持っていけ》

《殿。これは、名刀……》

《いいから、持っていけ。おれでは宝の持ち腐れだ。この名刀にふさわしいのは鉄斎、お前だ》

高宗の顔が浮かび、鉄斎は微笑む。

「あなたは刀鍛冶である父上を誇りにしていた。あなたにとって、この名刀は亡き父上の形見であるだけでなく、父上そのものであったはずです。だから、私に斬られることが怖くなかった。私にではなく、父上が残した名刀に斬られるなら本望と思ったからです。違いますかな」

涼介は父の刀を握りしめた。

「島田殿の域に達するには、どうすればよいのでしょうか。お教えください」

「大袈裟な。教えることなど何もありません。何もないんですよ」

鉄斎はそう言い残すと、道場を後にした。

翌朝——。

万造、松吉、お染、鉄斎の四人は、鳥居涼介を両国橋まで見送った。鉄斎の腰には昨日まで涼介の腰にあった刀が差してある。

「お世話になり申した。島田先生とみなさんのことは生涯忘れません」

鉄斎は鼻の頭を掻く。

「私は、いつから先生になったのかな」

「島田先生は心の師でござる。拙者が勝手に思うだけですから、お許しください」

おたまが走ってきた。

「婆ちゃん、間に合ったよ」

おけい婆さんは、涼介に包みを手渡す。

「命を助けてくれたお礼だ。煮物を持ってってくんなよ」

「どうせ、昨日の売れ残りだろうが」

「万造。よくわかったな。その通りだ」

みんなが笑った。

「江戸は温かいところでした。どうか、みなさん、お達者で」

涼介は背を向けた。松吉は涼介を見送りながら、ぽつりと言う。

「鳥居さんか……。江戸で温まって、また津軽に帰（けえ）っていくのか。まるで、冬鳥（ふゆどり）みてえな人だったな」

涼介は振り返ることなく、前を向いて歩いていった。

編集協力――武藤郁子

この物語はフィクションであり、実在した人物・団体などとは一切関係ございません。

本書は、書き下ろし作品です。

著者紹介
畠山健二（はたけやま　けんじ）
1957年、東京都目黒区生まれ。墨田区本所育ち。演芸の台本執筆や演出、週刊誌のコラム連載、ものかき塾での講師まで精力的に活動する。著書に『下町のオキテ』（講談社文庫）、『下町呑んだくれグルメ道』（河出文庫）、『超入門！　江戸を楽しむ古典落語』（ＰＨＰ文庫）、『粋と野暮　おけら的人生』（廣済堂出版）など多数。2012年、『スプラッシュ マンション』（ＰＨＰ研究所）で小説家デビュー。文庫書き下ろし時代小説『本所おけら長屋』（ＰＨＰ文芸文庫）が好評を博し、人気シリーズとなる。

ＰＨＰ文芸文庫　本所おけら長屋（十五）

2020年10月８日　第１版第１刷
2023年10月27日　第１版第８刷

著　者　畠山健二
発行者　永田貴之
発行所　株式会社ＰＨＰ研究所
東京本部　〒135-8137 江東区豊洲5-6-52
文化事業部　☎03-3520-9620（編集）
普及部　☎03-3520-9630（販売）
京都本部　〒601-8411 京都市南区西九条北ノ内町11
PHP INTERFACE　https://www.php.co.jp/
組　版　朝日メディアインターナショナル株式会社
印刷所
製本所　図書印刷株式会社

 ISBN978-4-569-90071-1

PHP文芸文庫

本所おけら長屋（一）〜（十四）

畠山健二 著

江戸は本所深川を舞台に繰り広げられる、笑いあり、涙ありの人情時代小説。古典落語テイストで人情の機微を描いた大人気シリーズ。

PHP文芸文庫

風待心中

山口恵以子 著

江戸の町で次々と起こる凄惨な殺人事件、そして驚愕の結末！　男と女、親と子の葛藤が渦巻く、一気読み必至の長編時代ミステリー。

スプラッシュ マンション

畠山健二 著

マンション管理組合の高慢な理事長にひと泡吹かすべく立ち上がった男たち。奇想天外なその作戦の顚末やいかに。わくわく度満点の傑作。

PHP文芸文庫

あやかし

〈妖怪〉時代小説傑作選

宮部みゆき、畠中 恵、木内 昇、霜島ケイ、小松エメル、折口真喜子 著／細谷正充 編

いま大人気の女性時代小説家による、アンソロジー第一弾。妖怪、物の怪、幽霊などが登場する、妖しい魅力に満ちた傑作短編集。

なぞとき

〈捕物〉時代小説傑作選

宮部みゆき、和田はつ子、梶よう子、浮穴みみ、澤田瞳子、中島 要 著／細谷正充 編

いま大人気の女性時代作家による、アンソロジー第二弾。親子の切ない秘密や江戸の料理にまつわる謎を解く、時代小説ミステリ短編集。

PHP文芸文庫

なさけ

〈人情〉時代小説傑作選

宮部みゆき、西條奈加、坂井希久子、志川節子、田牧大和、村木　嵐　著／細谷正充 編

いま大人気の女性時代作家による、アンソロジー第三弾。親子や夫婦の絆や、市井に生きる人々の悲喜こもごもを描いた時代小説短編集。

PHP文芸文庫

まんぷく

〈料理〉時代小説傑作選

宮部みゆき、畠中 恵、坂井希久子、青木祐子、中島久枝、梶よう子 著／細谷正充 編

いま大人気の女性時代作家がそろい踏み！江戸の料理や菓子をテーマに、人情に溢れ、味わい深い名作短編を収録したアンソロジー。

PHP文芸文庫

ねこだまり

〈猫〉時代小説傑作選

宮部みゆき、諸田玲子、田牧大和、折口真喜子、森川楓子、西條奈加 著／細谷正充 編

今読むべき女性時代作家の珠玉の名短編！愛らしくも、ときに怪しげな存在でもある猫の、魅力あふれる作品を収録したアンソロジー。

PHP文芸文庫

もののけ

〈怪異〉時代小説傑作選

宮部みゆき、朝井まかて、小松エメル、三好昌子、
森山茂里、加門七海 著／細谷正充 編

人気女性時代作家の小説がめじろ押し！
恐ろしくもときに涙を誘う、江戸の怪異を
描いた傑作短編を収録した珠玉のアンソロ
ジー。

PHP文芸文庫

桜ほうさら（上・下）

宮部みゆき 著

父の汚名を晴らすため江戸に住む笙之介の前に、桜の精のような少女が現れ……。人生のせつなさ、長屋の人々の温かさが心に沁みる物語。